妖琦庵夜話
千の波　万の波

榎田ユウリ

角川ホラー文庫
23746

目次

人物紹介
洗足伊織
妖琦庵の主で、茶道の師範。妖人《サトリ》として数々の事件捜査に協力してきた。非常に鋭い観察力の持ち主で、記憶力もずば抜けている。気難しく、毒舌家。
青目甲斐児
美丈夫で頭の切れる、冷酷な犯罪者。妖人《鬼》だった母を持ち、伊織の異母弟。兄に強い執着を見せる。

脇坂洋二（わきさかようじ）
警視庁捜査一課所属。事件を通じ洗足家に出入りするようになる。ひろむと結婚し戸籍上は小鳩姓に。

鱗田仁助（うろこだにすけ）
元刑事で、脇坂の相棒だった。現場叩き上げのベテラン刑事として、脇坂に大きな影響を与えた。

小鳩ひろむ（こばと）
女性弁護士。小柄で可愛らしい外見だが、時に辛辣。正義感が強く、場の空気を読むのは苦手。脇坂洋二と結婚。

夷 芳彦（えびすよしひこ）
洗足家の家令（執事的存在）。《管狐（くだぎつね）》という妖人。容姿は涼しげな美青年風だが、実年齢は不詳。命を賭して伊織を守る。

弟子丸マメ（でしまる）
外見を若いまま保つ、妖人《小豆とぎ》。小豆を使った菓子作りが得意。純粋で素直なマメだが、心の内に、別人格・トウを抱えている。

甲藤明四士（かつとうあきよし）
妖人《犬神》。主を強く求める傾向がある。マメの危機を救ったことをきっかけに、洗足家に出入りするようになった。

イラスト／中村明日美子

千波万波　一

ざん、ざざん、ざぁぁぁん……。

しゅう、しゅう、しゅうぅぅ……。

すいっ、みしっ、みしっ……ぎしっ。


誰かが座った。畳に。枕元に。

つまり私は横たわっている。布団の中だ。身体がひどく重く、怠く、そして熱い。

ことさらに顔が――目が、熱い。そしてひどく喉が渇いている。

「……水を飲むか？」

問われて頷いた。

大きな手が頭の下に潜り込んできて、そっと起こし、しっかり支えられる。硬くて
ひんやりした感触が唇に当たり、吸い飲みの先だとわかった。

かちん。うまく咥えられない。唇が乾きすぎている。

「ゆっくり」

そう言われて今一度口を開ける。吸い飲みの先が舌に載る。やっと水が飲める。

ゆっくり、と再び言われた。

「ゆっくりだ、伊織（いおり）」

ざん、ざざん、ざぁん。

水を飲み、私はまた眠った。

いまは昼なのか、夜なのか――それを考える余裕ができたのは、幾日すぎてからだろうか。時計がなくとも光があれば、人はおおまかな時間の経過を感じ取れる。だが私にはもう光がないのでそれもできない。熱はだいぶ下がったと、男は言っていた。その体感はある。だからといって楽になれたわけではなかった。暗い。あまりにも暗い。いや、暗いというのは違う。断絶、だろうか。光の世界と繋がっていた扉は完全に封鎖され、私は取り残された。この圧倒的な闇に順応できるまで、どれくらいかかるか想像すらつかない。覚悟していたとはいえ、予想以上の混乱が生まれた。それは音もなくひたすら静かに、だが確実に私を追い詰めていった。

ざん、ざざん。

ざん、ざざん。

視覚を失ったことで、ほかの感覚は鋭くなった。敏感になりすぎた。目からの情報ならば自分の意志でシャットアウトできる。だが聴覚や嗅覚、触覚はそうはいかない。とくに音に悩まされた。あまりに音が多すぎる。耳を塞げば塞いだで、今度は自分の体内に響く微かな振動をも拾う。身の内に、身の外に、溢れかえる音に侵食されていく。それらすべてを拾い、なんの音なのか判断しようとして、でもほとんどはできず、脳がくたくたになる。

ざん、ざざん。

だから私はひとつの音に逃げ込むことにした。

波音だけを追いかけることにした。波音は延々と繰り返されるので助かる。ざん、ざざん……それだけに集中するのだ。ほかの音はいらない。まだ処理しきれない。

ざん、ざざん。


「伊織、また食べてないのか」

聞こえない。

私には波音しか聞こえない。

食べ物のうすいにおいがする。粥だろうか。身体を起こされる。ゆっくりとだったが、それでも見えないまま動かされると、身体の深いところがゆらゆらして気持ち悪い。バランスが取れなくなっている。

唇に匙があたる。

金属の冷たさはない。たぶん木匙だろう。けれど私は口を開けなかった。食欲はまったくない。煮た米のぬめりが唇を濡らし、たらりと顎まで垂れていくのが不快だった。すぐに指で拭われ、そのあと改めて濡れた布で拭かれる。波の音に被って、男の溜息が聞こえる。

ざん、ざざん。

「食べないと、また点滴になる。あんたの腕に痣が増えるのは嫌なんだ。肌が白いからやたらと目立って……嫌なんだ」

奇妙なことを言う。あれほど人を傷つけ、苦しめ、殺した男の台詞としては相応しくない。いや、おかしくはないのか。この男にとって私だけが特別なのだから、変ではないのか。どっちにしても、私の知ったことではない。今はなにも考えたくない。

痛いし、熱いし、ぐらぐらする。見えないのに目が眩む不快感にくるまれたまま、私は指を動かすのも怠いのだ。

時々、医者らしき者がきた。

男だったり、女だったりした。眼の処置のこともあれば、点滴のルートを変えるだけのこともあった。会話もぽつぽつと聞こえた。感染症はない……ペインコントロールを……義眼床が………左右差の調整に……栄養を取らないと回復が……。

ざざん、ざざん。


「頼むから食べてくれ」


声に懇願の色が滲む。

けれど私は波音だけを聞いていた。


ある日、外に連れ出された。

何日も寝ていたので脚に力が入らない。抱きかかえられ、車椅子に乗せられた。カラリと引き戸の音がして、それから風を感じた。

冬の冷たい潮風。磯の香り。

ざん、ざざん。

波の音も大きくなる。とても海に近い場所だとわかる。ほとんど目の前なのではないか。

波音、風音、車の走行音、誰かの足音、少し遠くで喋り声。強い訛り。

音が急に増えた。

降ってくる。ぶつかってくる。けれどそれほどの混乱はない。どれを拾って、どれを捨てればいいか、少しずつ選別のコツがわかってきたようだ。

「浜辺まですぐだ」

声とともに車椅子が動く。下り坂を感じる。ここは少し高台らしい。しばらくするとカリカリと硬い振動に変わる。車道を渡っている。そして止まる。

「ありゃあ、あにさん、ここぁ、車椅子では降りれんよぅ」

しゃがれているが、張りのある声が聞こえた。

「てっとうてやりたいが、わいも腰がいかんでのう」

「大丈夫です。ここからは背負っていきます」

「ほうか。ほいたら、気ィつけてなあ」

「はい」

……なんだろう、この据わりの悪さは。

この男が、犯罪者ではなく、ただの人として、まるで真っ当な人間のように、親切な老人とありきたりの会話をしている——それがひどく据わりが悪い。もっと言えば、受け入れがたく、苦々しい。これがただの芝居なら、極悪人が善良の皮をかぶっているだけならばいいのだ。しっくりくるのだ。

けれど、そうではないのがわかってしまう。

その声でわかってしまう。見えないぶん、感じ取れる——ただ普通に、喋っているだけなのだと。そんなふうにも、喋れるのだと。

何人も殺しているのに。

地獄に落ちるべき男なのに。

「階段だから、しっかり掴まっててくれ」

男は私を背負った。

背中が温かい。あたりまえの人間のように温かい。

ざん、ざざん。

ざん、ざざん。

波音がさらに近くなる。海鳥が鳴いている。風が顔にぶつかって寒い。けれど右の頬にはほんのり温かさを感じる。そちら側から陽が差しているのだろう。

私を背負ったまま、男は進む。

ざく、ざく、ざく。

砂を踏む音がする。少し重い、冬の浜の砂の音。風が強く吹いて、私の髪を流す。自分の髪がずいぶん伸びていると知る。私を背負う男の髪も同じように伸びていて、私の顔にちくちくとあたる。

男が止まった。

「立ってみるか」

問いというより、下ろす合図だった。

砂の上に立った途端にぐらついてしまい、男に掴まるしかなかった。その腕を掴んだ時、違和感を得る。もっと太くなかったか？　筋肉が張り詰めていなかったか？　そういえば背中の厚みもさほどではなかった。だいぶ痩せたのではないか。……だからなんだというのだ？　私が気にすることではない。

ざん、ざざん、ざぁん……。

男はなにも話さない。私もなにも話さない。

話すべきことなどない。

考えることもしたくない。

ただ今は海を全身で感じていたい。海は私たちなど歯牙にもかけない。だから私たちを断罪もしない。私たちが生きようと死のうと、海はまったく気にしない。

風も、鳥も、気にしない。

「……あんたの左目」

ざん、ざざん。

「母親が封じたほうの、左目は……もう……」

言わなくていい。わかっていた。

解放しろ、とこの男に言われ続けた左目――《サトリ》の目は、その封印を解いたところで使えないだろうとわかっていた。それは確かに母によって封じられた。だが、原因を作ったのは幼かった私自身だ。断片的な記憶はあるのだ。

見えすぎるのは、あまりに恐ろしい。

自分で自分の目を、潰そうと試みるほどに。

――なんてことを、おまえ、なんてことを……!

母の泣きそうな声は、耳の奥にいまだ残っている。だから母は目を封じたのだろう、私の自傷がひどくならないようにと。おそらく左眼球はひどく損傷したはずだ。眼球そのものも、あったかどうか……。

そして右はやってしまった。

この男にくれてやってしまった。それを後悔してはいないし、贖罪になったとも思わない。私にはその程度しかできなかっただけの話だ。

ただ、光を失ったあとにこれほどの空虚が訪れるとは予想していなかった。怒りには慣れている。

悲しみは友人のようなものだし、不条理もよく知った相手だ。絶望の断崖をいかに歩くかも、ある程度心得ているつもりだ。だが空虚は手強かった。私は空虚を摑めないが、空虚は私を覆ってしまう。それでは抗いようもない。

時折、いくつかの顔が浮かぶ。私を待っている者たちの顔。温かな笑顔。慈しみのまなざし。もう見ることはできない者たちの……。

「……昔、海で」

男がまた半端に喋り、すぐ黙る。

たったこれだけの言葉でも、言いたいことがわかる自分に呆れる。そうだ。昔、海辺で夏を過ごしたことがある。母と、私と、この男の三人で。

「………俺は海が怖かった」

そう。なかなか海に入ろうとしなかったな。

「山しか知らなかったから」

そう。山に閉じ込められていた。それがこの男の母親の愛だった。途中から歪んでしまったにしろ、本当に愛だった。……本当に、とはなんだろう。愛とやらに、本当だとか嘘だとか……そんな区別があるのだろうか。

「でも、あんたが俺を呼んで」

まだ、子供だった。ふたりとも。

「あんたが呼んだから、俺は」

覚えている。何度も呼んだ。

だいじょうぶ、こわくないよ、つめたくないよ、ふかくないよ、お魚がいるよ——

おいで、おいで、カイ、だいじょうぶ………。

「あんたが……」

ざん、ざざん。

結局この男の人生は、まったく大丈夫ではなかった。恐怖と冷たさに満ち、深い闇に落ちていき、私の母の手で一瞬掬い上げられ……だが《鵺》に食われた。どんな凄絶な過去だろうと、それが免罪符になるはずはなく、罪は消えない。この男を引き裂いてやりたいと思う人は何十人といて、その感情は当然だ。

ただ、私は思ってしまう。

父親が選んだのが、もし私だったらと。

私が連れ去られ、洗脳され、悪鬼となっていたら……この男は誰も殺さずにいたのかもしれない。そして私は両手を血に染めたのかもしれない。

ざん、ざざん。

無意味だと波が笑う。

そんな想定は無意味だ。過去は変えられず、現在はその上に成り立ち、未来だけがいくぶんの可能性を残しているが、たいていの人間はそれに気づくことすら……。

ああ、考えてもしかたない。なにも考えたくない。ただ波の音を聞いていたい。そこに逃げていたい。

ざん、ざざん。

ざん、ざざん。


海辺から戻ると、また熱が出た。

薬で引いたが、怠さは続き、なにも食べたくない。私は何度食事を無駄にしたことだろう。

食べてくれ、と男の懇願は続いた。

死ぬまで食べない気か、そんなことをしても無駄だ、また点滴をするだけだ、食べてくれよ、聞いているのか、伊織、伊織、俺を罰しているつもりか……俺の前で、ゆっくり死んでいくつもりか……。

そんなつもりはない。この男に罰を与える資格など、私にはない。死にたいとも思っていない。ただ、食べ物が喉を通らないだけだ。

食べようとすると、思い出すのだ。

もうなにひとつ食べられない死者たちを。

罪もなく死んでいった、この男に殺された、憐れな人たちを。そして彼らを救えるかもしれないと、傲慢にも思った自分の愚かさを。

「頼むから」

必死に、男は繰り返す。

「頼むから……食べてくれ。少しでいい。頼むから。伊織」

ざん、ざざん。

「お願いだ、兄さん」

……ざん、ざざん…………。

——兄ちゃん、こわいよ。水がつめたい。ひりひりする。海の下がよく見えなくてこわい。なんかいるよ。なんか動いたよ。そこ深くない？　ほんとに深くない？　ちゃんと足、つく？　まってて、もうちょっとまってて、ちゃんと行くから。兄ちゃんのとこまで、行くから……そこにいて、まってて、ぜったい……。


あの夏の光を、水のきらめきを、弟の不安そうな顔とそのあとの笑顔を、浜で待つ母の日傘を、私は覚えている、すべて覚えている。

もう二度と、見ることのない景色を。

もう二度と、欲しがってはいけない幸福を。


ざん、ざざん。


「兄さん」

男が——弟が、私を呼ぶ。

ひとごろしの弟が。私の目を食った弟が。

唇に木匙が当たる。
私は唇を開いた。冷めた粥を嚙んだ。味はなかった。吐き気すらした。
けれど、食べた。
私が死んだところで、誰も蘇りはしないのだから。

弟はどんな顔をしたのだろう。
それが見えないことが救いなのか罰なのか、私にはもうわからなかった。

濤声

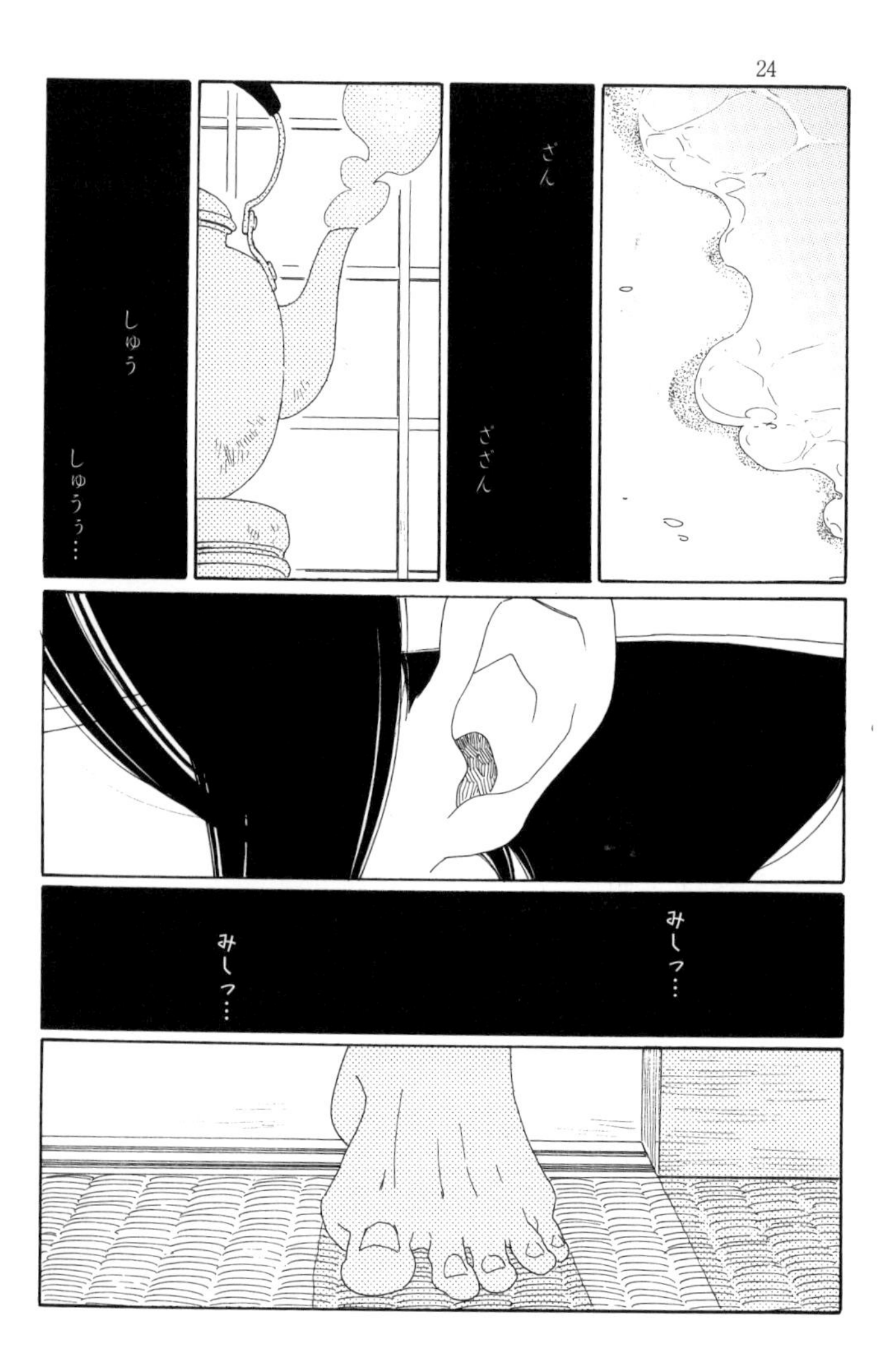
ざん
ざざん
しゅう
しゅうぅ…
みしっ…
みしっ…

かち…
かた…
ざん、
ざざん…
かたん…
かち…
ざん、
ざざん…
ざあぁん…

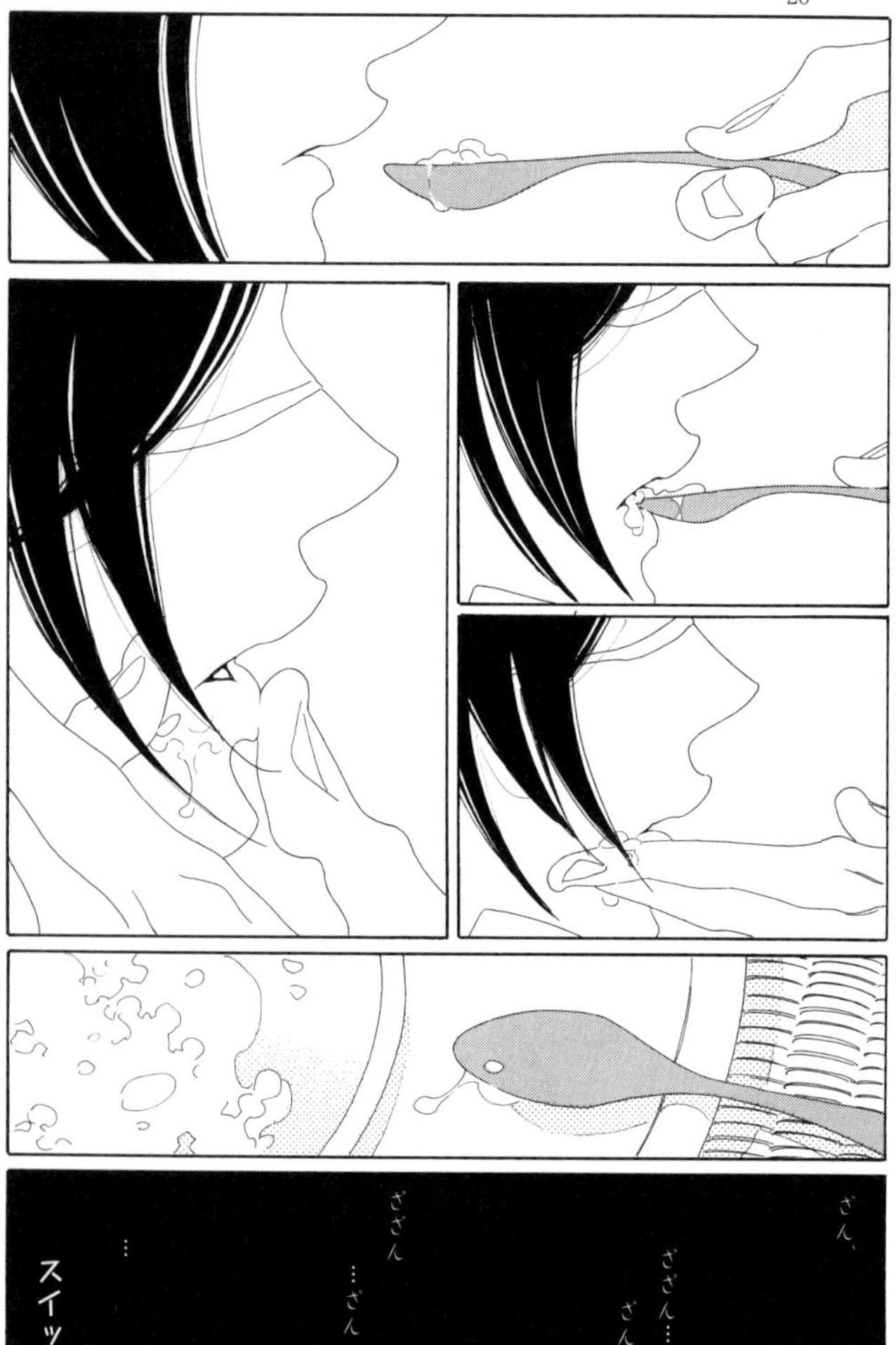
ざん、
ざざん…
ざん
ざざん
…ざん
…
スイッ

兄貴
散歩に行こう

END

千波万波　二

死ぬほど欲しかったものがやっと手に入った途端、それはものなどではなかったと思い知る。その人の気質は熟知していたはずで、ならばこうなるだろうと予測すべきだったのに、駄目だった。

俺はいつもこうだ。

この人のことだけは駄目だ。どうしてもうまくいかない。

父親にもよく言われた。おまえは詰めが甘いところがある、もっときちんと考えろと。気分で殺してもいいが、そのための計画は怜悧に考えろ。あの利口な兄貴なら、そんな雑な仕事はしないぞと。

言い返したこともある。そもそもあの人は、人を殺さないと。

すると父親はものすごく楽しそうに笑った。おまえはなにもわかっていない、教育の影響をわかっていない、教育は気性や性格を凌駕することを、わかっていない——そんなふうに捲し立てながら、いつまでも笑っていた。おかしくなったのかと思うほどに。俺は父親を好きではなかったが、なぜか逆らうことができなかった。逆らえないようにコントロールされていると気づいた頃、離れる決心をした。

勘のいい父親は薄笑いを浮かべながら「そろそろ巣立ちの頃かもな」などと言っていた。俺への教育とやらは完成していて、真っ当に戻れないとわかっていたのだろう。実際、すでに何人も殺していたし、食っていた。

しょうがない、と思っていた。

《鬼》なのだからしょうがない。そういう生き物なのだから。

獣じみていた母親を思い出し、人でなしの父親を見ていれば、自分がまともなわけがないのは納得できた。その頃はまだ、おかしくなる以前の母親についてはなにも知らなかった。母親がもとは普通だったと知ったのは、ずいぶんあとだ。

とにかく俺は父親から離れた。

その時、ひとり連れ出した女がいた。ただの気まぐれだったが、気まぐれをおこすきっかけはいくつかあったかもしれない。ひとつは女が身籠もっていたこと。連れて来られた時から妊娠していたらしい。父親は女を陵辱することにさほど興味を示さず、別の形で壊すのを好んでいたし……俺はといえば、女のほうから誘われれば拒まなかったが、その女には手を出せなかった。

面影が少し、あの人に似ていたからだ。

伸ばした前髪や、その下の切れ長の目、肌が白いところ……俺に対して優しいところも同じだった。声や言葉のイントネーションはぜんぜん違っていたけれど。

それに、父親から離れたあとは女連れのほうが便利だった。俺は公的な身分証をなにひとつ持っていなかったし、当時はまだ偽造の伝手もなかったからだ。

安アパートでしばらく一緒に暮らした。

そう長いあいだではない。

女は子供を産んだが、ほどなく殺してしまったからだ。

息をしていない赤ん坊を見つけた時は、なにが起きたのかわからなかった。今になって考えると、父親は女にそういう洗脳をしていたのかもしれない。とにかく女はすでに壊れていたのだ。赤ん坊を殺し、自殺した。俺は女が壊れていることに気づくことができなかった。

たぶん自分も壊れていたからだろう。手の施しようもなく。


ざん、ざざん。ざん、ざざん。

波音のうるさい一軒家に、あの人を連れて来た。片田舎の小さな町、海からすぐの小高い場所だ。見えない生活に慣れさせるには、ある程度の時間が必要だろう。最初のひと月ほど、あの人はほとんど食べ物を口にしなかった。人形のように動かず、喋らず、ずっと眠っているのかずっと眠っていないのか、それすらわからない。

俺は焦った。

ようやく手に入れた人が、死ぬほど欲しかったあの人が、静かに消えていくように思えたからだ。焦って、混乱した。人の殺し方はずいぶん学んだが、生かし方は知らない。わからない。

食べさせなければ。

食べれば、大丈夫だ。食べれば気力が戻る。ちゃんと食べれば。

そればかり考え、食べやすく温かいものを出しては無視された。ようやく粥を口にするようになって安堵した頃、ふいに俺は気がついた。俺があの家に……洗足タリのもとへ行った頃のことを。

——お食べ。少しでいいから。好きなものだけでいいから。

あの人の母親は、そう言って膳にあれこれ並べた。ありふれた、だが子供の好きそうな食べ物。だが当時の俺は、それまでろくなものを与えられていなかったせいか、胃腸が弱くて普通の食事を受けつけなかった。すると今度は柔らかく、消化のいいものが並ぶようになった。おじや、野菜の煮つけ、すり流し、果物のコンポート……俺はほんのちょっとずつ、それらを食べ、味覚を育て、体重もじわじわと増えていったのだ。

——ねえ、おっかさん。

ある日の食卓で、あの人が言った。

──そろそろ、カイはハンバーグを食べられるんじゃないかな。ちょっと味が濃いけど、とってもおいしいから、大丈夫じゃないかな。

ちらちらと俺を見ながら、そう言ったのだ。

あの人の母親は「そうかもしれないね」と頷いた。するとあの人は、自分の皿のハンバーグを……大好物のそれを一切れ箸に取り、

──カイ、ほら。ぼくのを、お食べ。

そう言って、俺の目の前に差しだしてきた。俺の耳には「ぼくをお食べ」に聞こえた。そんなはずはないのに、そう聞こえた。きれいな目が……ひとつだけの目が、じっと俺を見てた。俺が口を開けると、ひとかけらの挽肉のかたまり……茶色いソースをまとったそれが、あの人の箸で、口内に入れられた。食べてみる。やっぱり味が少し強い。咀嚼(そしゃく)する。挽肉が解けてバラバラになっていく。

──おいしい？

あの人に聞かれて、頷いた。本当はソースがなくてもいいと思っていた。肉のままでいいのにと。よく嚙んで飲み込むと、胃の中に落ちて、不思議に馴染んだ。

──食べものが、僕たちを作るんだよ。カイが食べたものが、カイになるんだ。だから大切なんだ。ね、おっかさん？

ちょっと得意げにあの人が言い、母親は「そうだね」と頷いた。食べたものが、俺になるなら、あの人を食べたら、俺はあの人になれるのだろうか。そんな馬鹿げたことを考えたのは、俺が幼く無知だったからだ。

けれどその時に思ってしまった。

(なら、食べたいな、兄ちゃんを)

そう思ってしまった。そしてそんな戯言を忘れるより早く、父親がやってきて……俺にあの肉を食わせた。

ざん、ざざん。

ざん、ざざん。

ああ、うるさい。思い出がうるさい。いまさら過去を掘り起こしてどうなるというのだ。冷たい土に埋めたそいつらは、どうせみんなぐずぐずに腐ってる。俺が唯一手にできたのはなにも見えなくなったこの人だけで、でもそれでいい。

それがすべてだ。

俺はとうとう手に入れたのだ。

欲しかった人が今ここにいる。同じ空間に、俺とふたりだけでいる。邪魔者はいない。忌々しい狐も、善人面した小僧も、刑事たちもいない。若いほうの刑事は少し褒めてやるべきだろう。俺たちの父親を殺してくれた。俺を壊した男を、撃ち殺した。

笑える話だ。きっとあいつはポカンとしたまま死んでいったことだろう。その死体に向かって言ってやりたかった。貴様は詰めが甘いんだよ、と。

ざん、ざざん。

波がうるさい。なんなんだ。なにが言いたいんだ。

この人はもう大丈夫だ。ちゃんと粥を食った。明日は卵を入れてみる。栄養がつく。すぐ歩けるようになる。

ざん、ざざん。

ざん、ざざん。

波が笑う。誰が詰めが甘いって？

そこにいる屍のような男はなんなんだ？

おまえが与える粥に、口を開けている男は誰なんだ？

なにも喋らない死んだような目の……おっと、目玉ももうないんだったな？　ひとつだけだったのに、おまえが奪ってしまったんだから。

まるで——

可哀想な、憐れな、とんでもなく不運で不幸な子供。

要するにおまえは、その男を自分のようにしたかったのか？　自分の子供時代のようにしたかったのか？　そして自分は粥を与える側に？　守る側に？

兄を弟にして、
弟を兄にしたかったのか？

ざん、ざざん。

ざん、ざざん。


一緒に散歩ができるようになった。

毎日海辺を歩いた。

最初は途中まで車椅子を使ったが、一週間もするとそれも不要になった。家の中も手探りで歩き、歩数で空間を把握しているようだ。物音に敏感で、俺がどこにいるのかちゃんとわかっている。わかっていても、しばしば俺にぶつかる。見えないというのは、バランスを取りにくいものらしい。

口は重いが、必要なことは喋る。

俺も口数が少ないので、家の中はたいていい静かだ。テレビもラジオもないし、必要とも思わない。

ただ一日中、波の音が届いている。ざん、ざざん、ざん、ざざん。

寒さが厳しくなっても、毎日歩いた。このあたりは積もるような雪は降らないが、折にちらつくことはある。そんな時でも散歩した。俺はこれでもかというほど、あの人に厚着させた。とりわけ首が細くて寒そうで、襟巻きをぐるぐる巻いた。

そうして、いつものように、ふたり黙って海辺にいた。

波打ち際に、じっと立って。

ざん、ざざん。

その日は雪が降っていた。だが風は強くなく、波は穏やかだった。

「雪の降る音がする」

唐突に、あの人が言った。俺は耳を澄ませてみたがそんな音は聞こえない。雨じゃないのだから、音がするはずもない。

「聞こえない」

「する」

「どんな音」

「言葉にはできない。……見えない者にだけ聞こえるのかも」

そんなふうに呟き、顔を少し仰向けた。頬に、睫毛（まつげ）に、雪が舞い降りる。

「俺は」

聞いてみたくなった。

「俺は死んだほうがいいか」

今更な質問だ。無意味だ。それでも口を衝いて出た。

「そうしたら、あんたは安心するのか」

あの人は無言だった。しばらくじっとしたまま、やがて雪で濡れた頬をウールコートの袖で拭う。俺は和服を着つけられないので、洋装をさせている。返事がないのは当然だし、俺も期待していたわけではなかったのだが、

「……そんな簡単なことではない」

ぼそりと、応えがあった。

まったくだなと俺も思った。

ざん、ざざん。

春が訪れた。あの人は白杖を使い出した。白杖があると身体のバランスを取りやすいようだ。

勘のいい人なので、すぐにうまくなった。きれいに歩けている。

散歩は続いていた。目の前の海だけではなく、近所の小さな公園や、商店街まで足を延ばす。俺たちは偽名で暮らしているが、息を潜め隠れているわけでもない。人前にも出るし、駐在所の前も普通に通るし、なんなら警察官に会釈もする。視覚障害を持つ兄と、甲斐甲斐しく世話を焼く弟だ。あの人に撃たれた傷を手術したとき、ついでに顔もいじっておいた。女を騙すには便利な顔だったが、もう必要ない。駐在所にも手配書は届いているだろうが、俺が連続殺人犯だと気づく者はまずいないだろう。ＡＩに分析されれば厄介かもしれないが、この田舎町にそういった防犯カメラが届くのは当分先だ。

あの人の食欲も、少しずつ回復してきた。

時々甘いものを食べたがった。洋菓子がいいらしく、商店街の小さなケーキ屋のシュークリームをよく頼まれた。一度和菓子も買ってきたが、手をつけなかった。餡子が入っていたからかもしれない。あの小僧のことを思い出すのだろう。

「……においが変わっていく」

相変わらず無口だったが、ふいにそんなことを喋りもした。

「空気のにおいが、春のそれに変わっていく。それから空気の重さも」

「春はどんなにおいなんだ？」

俺が尋ねると、小首を傾げしばらく言葉を探していたが、やがて諦めたように「言葉にするのは難しい」と返した。

「春の音なら説明できる」

「どんなだ」

「花が開く音」

「……聞いたことがない」

「聞こうと思ったことがないからだ」

そう返し、ほんの少し……俺の見間違いでなければ、少しだけ頬を緩ませた。笑ったとはいえないほど、ほんの少し。

あの人の中で、ゆっくり、確実に新しい世界が形成されていくのがわかる。

それは俺には想像もつかない世界だろう。元々、まったく違う世界にいるような人だった。俺の知らない光の世界にあの人は住んでいた。そして俺はあの人から光を奪い……それでも結局、同じ世界にはいない。あの人は、たちまち次の違う世界に行ってしまい、そこに俺を連れて行きはしない。

だからといって、後悔しているわけでもないのだ。

俺は今、確かに幸福に近いものを味わっている。噛みしめている。それが幸福だと言い切れないのは、本物の幸福というやつを知らないからだ。だとしても……食べたことのないものの味がわからずとも、周りの人間がいつもそれを美味そうに食っていれば、想像することぐらいはできる。その想像が正しいかどうかなど、どうでもいい。とにかく今、俺はあの人のとても近くにいる。触れられる距離にいる。

一緒に暮らしている。

食事をしている。散歩をする。布団を並べて眠る。

家族のように。


ざん、ざざん。


波がまた嗤う。

そう思っているのはおまえだけだろうよ、と。

春はすぐに終わる。

夏は少し長い。

秋は瞬く間で――また冬が来る。

俺たちは淡々と暮らした。波音は毎日聞こえてきた。穏やかな日もあれば、荒々しい日もあった。けれどそれが止むということはなかった。

ひどい雨の日以外、散歩は続いていた。

あの人は見えないのに、外に出たとたんに天気を言い当てるようになった。よく晴れているね、薄曇りだね、風がぬるいからじきに雨が来るよ……。


そして再び雪が降る。

音もなく降る。あの人には聞こえるけれど、俺にはやはり聞こえない音。

海に溶ける雪の音。


ざん、ざざん。


俺たちも溶けてしまえばいいのにと思った。

海に落ちた雪のように、あっさりと溶けてしまえばいい。ふたり一緒なら最高だ。

そしてそんな最高が、俺に許されるはずもない。

天国だの地獄だの、そういうものは信じていない。死んだらそこで終わりだ。無だ。善人も悪人も無だ。だから天罰というものがあるなら、それは生きているうちだろう。いや、天国がないなら天罰もないのか。何人も殺し傷つけた俺がこうしてのうのうと生きているあたり、神様なんてやつはいないのだろうし、ならば罰もないのか。

…………ないわけでも、ない気がしている。

俺は今、焦がれていた人と一緒にいる。

唯一の望みを叶えたはずだ。幸福っていうやつのはずだ。今もその人は隣にいる。

俺と一緒に、ちらつく雪の中で、見えないのに海を見ている。波音を聞いている。ざん、ざざん。

ひどく苦しい。

ざん、ざざん。

喉にずっと冷たい石がつかえている。飲み込んでしまいたいのにできない。喉など破れてもいいのに、できない。

「……あんたに撃たれて」

あのことを吐露したら、楽になるのか。

だがこの人はそんな話は聞きたくないのではないか。そう迷うより早く、言葉が飛び出していた。衝動的で、考えなしだ。

本当に俺は駄目だ。この人の前だと駄目だ。

「俺はかなり出血した。そうなるとわかっていたから、準備はしてあった。輸血も医者も看護師もだ。危険すぎる、そのまま死ぬかもしれないと言われもしたが……それはそれでよかった。あんたに殺されるなら嬉しいから」

隣に佇む人は黙っている。

だから波の音だけがする。ざん、ざざん、ざん、ざざん。

「でもあんた、上手に撃ったな」

ざん、ざざん。

俺は死ななかった。だからこうして波の音を聞いている。

「あんたが目をくれて、少しした頃……俺を手術した医者から連絡があった。そいつは俺の……信奉者、とでも言うのか……シリアルキラーに妙な信奉者がつくのは、お約束だろ？　そういうやつだった。腕のいい外科医なんだが、どっかおかしいんだろうな。なにを考えてるのか知らないが、俺の血を分析したんだと。俺のすべてが知りたいだとか言って、遺伝子解析までかけた。そしたら」

ざん、ざざん。

「そしたら、俺は」

ざん、ざざん、ざん、ざざん。

続く言葉が出ない。口を中途に開けたまま、俺は固まっていた。

なんだって言葉が出ない？　頭にはちゃんと浮かんでいるのに？　それを口にしたら、死んでしまうかのように……違うか。死ぬのなど怖くない。だって、俺自身が死神みたいなものじゃないか。死体の山を築いたじゃないか。なにしろ、あの男の息子だ。《鵺》の息子だ。母親は《鬼》だ。俺にドレスを着せ、包帯で縛り上げて、閉じ込めていた女だ。

だから俺は。

だから俺は――。

ざん、ざざん。

「知っている」

ざん、ざざん。

「知っているから、言わなくていい」

波の音を聞きすぎて、俺の耳は壊れてしまったのだろうか。

知っている……そう聞こえた。俺の言おうとしていることをもう知っていると。だから言わなくていいと。やめてくれ。そんなことがあるものか。知っていた？　あんたはもう、知っていたと？

「い……」

いつだ。いつ知った。

何年前だ。…………怖くて聞けない。

「《鵺》なんて妖人はいないのだから、その可能性に気づくべきだったのに……あたしもたいがい愚かだね」

《鵺》。

名前を持たない、俺たちの父親。

あの犯罪者は遺体解剖され、調べ尽くされたはずだ。遺伝子解析もされたのだとしたら……そうか、その結果がそうだったのか。

あの最悪の犯罪者はただのヒトだったと。妖人ではなかったと。

そして、妖人遺伝子が一方のみの親から引き継がれることは――。

「あたしは検査を受けたから、はっきりしていたが」

　ごく、稀なのだ。

「おまえはしていない。誰も確証を取ったことはなかった」


　ざん、ざざん。


　――人は自分の持つ能力をすべて出せているわけではないんですよ。たとえば、筋力もそうです。筋繊維を損傷しないよう、自動的にセーブがかかっている。けれど危機に接したときには、そのセーブが外れるんです。普通の人間でも、ものすごい力が出せたりします。ほら、火事場の馬鹿力っていうあれです。青目さんの場合、もともと体格に恵まれていた上、そういう状態をキープできていたのでは？　すごいことです……！　妖人なんかより、もっとすごいですよ！　これ、身体への負担は大きいはずで、かなりの痛みがあると思うんですが、それすら青目さんは精神力で……。

　俺を手術した信奉者は興奮気味にそう捲し立てていた。


　ざん、ざざん。

　それ以来、俺は波音から逃れられない。

「おまえがなんであろうと、おまえがしたことは変わらない」

静かな声が事実を告げる。

「おまえの罪は消えないし、死んだ人は戻らない。あたしの目玉もね」

「……あんたのほうが、先に知ってたはずだ。俺があんたから目を奪う前に、それを言っていたら……」

「そしたらおまえは欲しがらなかったかもしれないね。あたしの目を」

そうだ。そのとおりだ。きっとできなかった。あんな真似は人でなしでなければできないのだ。人では、できないのだ。

「だから、言わなかったんだよ」

俺に顔を向けて言う。

微笑んでいた。見間違いかと思ったが……確かに、微笑んでいた。

降っては消える雪の中で、やむことのない波音の中で、笑っていた。

「わからないかい?」

優しく問われる。

俺は答える。わからない、と。

腕が伸びてくる。白い手が俺の顔を探し、頬に辿り着く。すっかり冷たくなった指に顔を撫でられている。そして呼ばれる。

「カイ」

懐かしい名で。

優しい、まるであの頃のような、兄の声で。

「罰だよ。あたしがおまえに与えられる、ほんの小さな……罰だ」

歌うように言葉が流れる。

「おまえはずっと悔やむだろう。あたしの目玉を食ったことを、あたしから光を奪ったことを悔やむ。ただの人のくせに、ちっぽけな存在だったくせに、《悪鬼》のごとく振る舞い、大勢を殺してあたしを苦しめたことを、悔やみ続ける。そしてそれは死ぬまで続く。自分で死ぬのは許さない。息もできない泥に浸かりながら、後悔し続けなければならない。大丈夫だ。ちゃんといいつけは守れるさ。なにしろ」

兄は、俺の頬をそっと撫でた。


「おまえは兄ちゃんが大好きだからね」


その瞬間、俺ははじめて知った。

絶望という感覚を。

ざん、ざざん。
ざん、ざざん。

ざん、ざざん。
ざあっ、ざざざざざざざざざざざざざざざざざざざざざざざざざざざざざざざざざざざ
ざざ
ざざ
ざざ

すーっ、かたん。

みしっみしっ、ざり。


「兄貴、散歩に行こう」

「海？」

「そう。いつもの浜に。今日はずいぶん暖かい」

「春だからね」

「春だ。ああ、でも、まだ上着はいる」


かさっ。ふわり。

ぎっ。

みしっみしっ……ザッ。


「……履けた？」

「履けたよ」

「ほら、杖」

「ああ」


からり。

ひゅう、るる、るるる。


「なんだ。風が出てきたな……いいか？」

「構わない。春の風だ」

「じゃあ行こう」


からからから、ぴしゃん。

ざり、ざり、ざり。カツ、カツ、カツ。カコッ、コンコン、ザリッ。

ざく、ざく、ざく。

ざん、ざざん。ざあああん。

ひゅう、るるる。ピィヨ、ピィヨピー、チチッ。

「イソヒヨドリだ」

「よくわかるな」

「だいぶ覚えた。朝の散歩の時に会うご隠居が教えてくれる」

「ああ、犬を連れた人か」

「ペタラだ」

「なんだって？」

「犬の名前。ペタラ。花びらという意味」

「あの犬、真っ黒だぞ」

「桜が満開の時に、保護施設から迎えたそうだ」

「へえ」

「……もう咲いているか？」

「このあたりはまだ蕾（つぼみ）だな」

「満開をすぎたら行きたい」

「見えないのに？」

「桜の音を聞く」

「散る音を？」

「降る音を」

ざん、ざざん。

「兄貴。もうじきここに人が来る」

ざん、ざざん。

「信頼できる女だから安心していい」

「…………」

「視覚障害についてもよくわかってる」

「…………」


ざん……ざざぁ……。


「あんたは家に帰れ」

「……わかった」

ざん、ざざん、ざん。

ざりっ。ざく、ざく、ざく……ざっ。

「兄さん」

ざく、ざく。

「目を、ごめん。でもありがとう」

ざく、ざく、ざく――さく、さく……ピィヨ、ピィー……。

ざん、ざざん、ざん、ざざん。

ざん、ざざん、ピィヨー……さく、さく……さよなら……ざざん……兄ちゃ……ざん、ざあっ……ざざぁん…………。


足音は遠のき、遠のき、やがて消えた。

イソヒヨドリも歌わない。

波の音だけに、なった。

河童

一

「か、感激です。私のような若輩者が、まさか脇坂さんと……かの伝説の刑事と、あの凶悪犯を倒した方と組めるなんて！　こんなことを言うのは失礼かもしれませんが、突然の休職に入られた山科さんに感謝したいほどです！」

緊張と興奮の入り交じった声だった。

さて、どう返すべきだろうか。警視庁本部の無機質な廊下を進みながら、脇坂洋二はしばし悩んだ。こんなに喜んでいるのだし、脇坂を褒めているのだろうし、否定的なことを言って若手のやる気を削ぐのもよくない。だがやはり、今の発言には聞き過ごせない部分がある。

「うーん、そうだなあ」

小さな苦笑いとともに、隣を歩く若手を見る。まずは、本人も自覚がありそうなところから、あくまでソフトに指摘してみよう。

「山科さん、実家のほうが本当に大変そうでね」

脇坂の言葉に、「あっ、はい」と若手が声を上擦らせる。

「ご家族の介護のための休職だから、僕も残念なんだ」

「は、はい。感謝したいなどと……私の失言でした。申し訳ありません」

「いやいや、大丈夫。誰だって口が滑ることはある。僕がきみぐらいの時にはそれこそ滑りっぱなしだった。今でもなかなかいい滑りだと思うし」

「そんな。脇坂さんは尊敬すべき先輩です」

きっぱり言い切る若手刑事の名は、井鳥（いとり）麗（うらら）という。

一緒に歩いていてもさほど身長差がないので、女性としては高いほうだ。痩せ型の身体を紺のパンツスーツで包み、足元はスニーカー。長い髪はただ括っただけで、化粧っ気はなく、そばかすがやや目立ち、黒縁の眼鏡をかけている。高校までは陸上部で長距離走が得意だったらしい。二十六歳で捜査一課に抜擢されたのだから、かなり優秀な警察官ということだ。

二十六歳かあ……脇坂はしみじみ回顧した。

自分がY対（ワイたい）に配属された頃だ。歳の離れた相棒とは会話がちっとも嚙み合わず、浮かれて訪れた妖琦庵（ようきあん）では、初対面の洗足にこてんぱんにやられた。十年ほど経つわけだが、当時を遠い過去のように感じる時もあれば……いきなり鮮明に脳裏に浮かんで恥ずかしくなったりもする。

とにもかくにも、脇坂は三十代半ばとなった。

Y対が解散となったのちは捜査一課に所属しており、妖人絡みに限らず、多くの捜査に携わっている。さらには、こうして後輩を指導する立場にもなったわけだ。自分より若手と組んだことは以前もあったが、女性の相棒は初めてだ。

「井鳥が言った伝説っていうのは、《鵺》事件のことだよね。でも実際のとこ、僕の功績なんかじゃない。当時の先輩がいなかったら到底無理だったし、ほかにも力になってくれた人がたくさんいたから」

「でも、脇坂さんは若手と思えぬ大活躍だったと」

「話が大きくなってるみたいだなあ。青目のほうは、生死不明のままだし」

「遺体は見つかっていないと聞いていますが……胸部を撃たれたんですよね？　それに、青目の関与が疑われる事件は、あれ以来起きてません。死亡したと考えていいのではないでしょうか？」

青目甲斐児。

左胸を撃ち抜かれて消えた男。そして青目を撃った人もまた消えて——けれど、その人はちゃんと帰ってきた。ずいぶん長く、待たされたけれど。

「……青目の生死にかかわらず、あのあと、ゲーム仕立ての犯罪が増加傾向になってる。気を引き締めないとね」

「はいっ、肝に銘じて捜査にあたります！　どれほどお役に立てるかわかりませんが、よろしくご指導ください！」

井鳥の言葉に「一緒に頑張ろう」と微笑みで返した。脇坂が作り上げた警視庁内の情報ネットワーク……要するに、スイーツ好きの集まりなのだが……によると、井鳥は『めちゃくちゃ粘り強い』という評判だ。それは刑事にとって大事な資質なので、脇坂も期待している。

「ところで……もしや脇坂さん、昨日はご自宅に戻ってない……？」

「あれ、わかっちゃった？　ちゃんとシャワー浴びて、シャツも替えたんだけど」

「シャツはパリッとしています。でも、目の下に少しクマが……書類仕事でしたか？　私に手伝えることでしたら、呼び出してくだされば……」

「いいんだよ。前の事件の報告書作りだから」

「あ。そうでしたか」

井鳥は一瞬目をそらし、最低限の返事だけをした。連続殺人事件で被害者には子供も含まれ、犯人は捕まる前に自死……井鳥は今まで生活安全課にいたのだが、この事件の捜査協力にも加わっていたはずだ。ここ数年では一番ショッキングな事件だったといえる。若い捜査官がひとり、精神的に参って休職してしまったほどだ。

とはいえ、気持ちは切り替えなければ。

脇坂はあえて明るい声を作り「今回の事件だけど」と話題を変える。

「井鳥の作った資料、よくできてたよ」

「ありがとうございます。各現場の共通点と相違点をまとめてみたのですが……なんだか、ちぐはぐ感が強いというか……」

「確かに。同一犯じゃない可能性も視野に入れるべきだね」

この二か月、都内のネットカフェで連続的な傷害事件が発生しており、所轄警察署と捜査一課で捜査が始まっている。

「これから会うのは、渋谷のネカフェに事件当日いた参考人ですね」

「そう。防犯カメラを見る限り、容疑者である可能性は低い人だけど、当日の様子を詳しく聞く必要がある」

「あの……この聴取を脇坂さんが任されたのは……」

「ああ、参考人が妖人だからなのかって？」

聞きにくそうな井鳥に代わって、脇坂は自分で言葉にした。

「たぶんそうなんだろうな。僕はとくに妖人に詳しいわけじゃないんだけど……そういうイメージが定着しているみたいだ」

え、と井鳥が驚いた顔を見せた。

「ですが、脇坂さんは妖人が関与する事件をかなり担当されてますよね」

「数はそれなりにね。でも、事件をたくさん担当したからって、妖人に詳しくなるかって聞かれたら、それは違うでしょ」

「違い……ますか？」

脇坂は苦笑交じりに「今や妖人遺伝子を持つ人は、全体の9％という推定だろう？」と説明し始めた。

「数にしたら相当なもの。僕の携わった事件数なんて、それに比べたらケシ粒程度だよ。そもそもほとんどの妖人は一般人と変わらないんだから、『妖人に詳しい』も『人間に詳しい』も同じになるはず。僕は自分のことを『人間に詳しい』と言うほど、傲慢じゃないし……」

「さすがです！」

井鳥は突然歩みを止め、右手の拳をギュウと握ると感極まった声を出した。

「さすが、私の尊敬する先輩刑事です！　考えていることが、深い……！」

その言葉に、脇坂の耳が熱くなる。

深くない。たいして深くない。むしろ物識り顔で、かっこつけてて、偉そうである。喋り終えてすぐそう気がついたわけだが、もう遅い。以前ならば、かっこつけたセリフのあとで誰かしらが「口ばかり達者だ」と突っ込んでくれた。偉そうなことを言えば「何様のつもりだ」と叱ってもらえた。

だからこそ安心して、そういうセリフが吐けたわけだが……今はもう違う。後輩を指導しなければならない立場だというのに、つい口が滑った。

正直、脇坂はこの指導というのが苦手である。

捜査の基本、心構え、配慮すべき点……あれやこれやを後輩に指導するたび、なんだか気後れしてしまう。かくいう自分はどうなんだ、ちゃんとできてるのか、と内心で自問してしまうからだ。少し前、久しぶりに会った鱗田（うろこだ）にそのへんをぼやいたら「いいんだよ、それで」と返された。

――人間なんて誰も完璧にはなれんし、それでも年くって、後輩は入ってくるんだ。多少は知ったかぶりながら下に教えんだよ。それしかないだろ。

――え、じゃあウロさんもそうやって僕に教えてたんですか？

脇坂が問い返すと、聞こえないふりでたぬきそばをすすった。潰れそうで潰れない藪蛇庵（やぶへびあん）で……半月前ぐらいのことだったろうか。

――それよかおまえ、ちゃんと食ってんのか。また痩せただろ。

そんなふうに話を逸らされ、「食べてますよ」と笑って返した。

――生活が不規則なせいです。そのへんは、ウロさんもよく知ってるでしょ。

――まあなぁ。けど気をつけろよ。むっちゃんに心配かけんな。

むっちゃんとは小鳩（こばと）ひろむ、つまり脇坂の妻である。

一緒に暮らすうちに「ひろむさん」↓「ひろむちゃん」↓「ろむちゃん」↓「むっちゃん」と呼び名が変遷した。ちなみに脇坂以外で「むっちゃん」呼びを採用しているのは鱗田だけである。最初は脇坂をからかうつもりで使っていたようだが、残念ながら脇坂はそんなことで照れたりはしない。「そうです、うちのむっちゃんがね」などと返しているうちに、鱗田の中でも定着してしまったわけだ。

——おまえ、先生んとこにあんまり顔出してないって？

——忙しくて、なかなか……あ、でもむっちゃんは月に一度くらいお邪魔しています。時々、妖琦庵で先生がお茶を点ててくださるそうです。なにもかも見えているかのように、きれいなお点前だと話してました。

——だろうな。おまえも行けばいい。

——ウロさんはよく？

——ヒマだからな。最近は先生と将棋さしてんだ。

——え？

見えないのに？　と脇坂が訝しむと、鱗田は呆れ笑いの顔で「先生、盤面を覚えちまうんだよ」と言う。

——え、だって、将棋って駒が動きますよね？

——動くよ。そのたび『二四歩』とか読み上げるんだが、それを記憶してんだ。

――うわ……そんなことって可能です……？　そもそも、先生将棋やってました？　確か囲碁だったんじゃ……。

――そう。俺に合わせてくれて、将棋。盤面が囲碁ほど大きくないから、できそうな気がするって言い出して……最初は俺が教えてたんだが、あっというまに上達しまって、今じゃ互角だ。見えてないのにだぞ？　どこまで驚かせてくれるんだか。……おい、脇坂、口が開いたままだ。あとネギがついてる。

口元の刻みネギを取りながら、脇坂は言葉もなかった。尋常な記憶力ではない。まったく、洗足伊織という人はどこまで強靭なのだろうか。あれだけの苦境に立たされ、ぎりぎりの選択をし、脇坂の想像以上であろう苦難を乗り越え、妖琦庵に戻り……そして、かけがえのない日常を取り戻した。

あまりに多くを失った人。けれどそれを悔いてはいない人。

いや、悔いていないというのは脇坂の勝手な想像にすぎない。あるいは、そうであってほしいという理想だ。洗足の心は洗足にしかわからない。そしてあの人がそれを語ることはほとんどない。

「あの、脇坂さんは会ったことありますか？」

そんなことをつらつらと考えている時に聞かれ、脇坂は「え」と井鳥を見た。聴取室はもう近い。

「《河童(かっぱ)》です。会ったことありますか」

「いや今回が初めてだよ。妖人《河童》は数が多いわけじゃないから」

「ええと、心肺機能が高く、筋力も平均値以上。水中でも物が歪まず、くっきり見える目を持っている。それらの特徴のおかげで、泳力が高い場合が多い、と」

「そう。よく調べてあるね」

「恐縮です。聴取にあたっては、妖人だからという偏った見方をせず、偏見を捨てて話を聞くように心がけます！」

張り切る新人に、脇坂は「うーん、それは無理かな」と言わなければならなかった。意外だったのだろう、「え」と戸惑い気味の声がする。

「井鳥の言いたいことはわかる。でも偏見は捨てられると思いこむのは危うい。それは僕たちに染みついているものだから、手放すのは難しいんだ」

これは洗足の言であり、要するに受け売りだ。まったく、どれだけ影響されているんだと、自分でも呆れてしまう。

「それでも、僕たちの仕事ではその偏りを修正することが必須だろう？　難しいけど、やらなくちゃならない。だから常に、自分を疑ってみる必要がある」

常に、疑え。自分を疑え。

こちらは鱗田から教わったことだ。

刑事なのだから、人を疑うのは業のようなもの、けれど一番油断がならないのは自分自身……鱗田はそう言っていた。ベテラン刑事の勘など、存在しないと。経験に裏付けされた知恵は否定しないし、それを『勘』と呼ぶ人はいるだろうが、頼りすぎてはならないと。基本、疑えと。

「脇坂さんも、自分を疑ったりするんですか……？」

「するする。捜査では、自信過剰が一番怖い」

先輩面でそう答える。嘘ではないし、新人へのアドバイスとしては適切だろう。だがもちろん自分を疑いすぎれば──時に迷路に入り込む。あの推測は正しかったのか、もっといい捜査ができたのではないか、どうしてあの証拠品を見落としたのか、あの時ああしていれば、こうしていれば……そんなふうに、きりがない。要するにバランスの問題だとわかっているが、常に正しい均衡を保つのは難しいことだ。

「まあ、いろんな考え方があると思う。ほかの先輩たちにも聞いてみるといいよ。……さて、この部屋だ」

脇坂と井鳥は聴取室の扉の前に立った。

扉には小窓があり、施錠はされていない。あくまで任意で来てもらっているのだから、参考人はいつでも帰れるのだ。

井鳥が表情をひきしめ、ピッと姿勢をよくした。

いよいよ《河童》との対面だ。昔の脇坂ならば、さぞ浮かれて聴取に臨んだことだろう。なにしろ日本三大妖怪のひとつ、河童の名を冠した妖人なのである。いや、実は今も、ちょっとした期待がないわけではない。『妖怪』と『妖人』は別だとよくよく承知しているが……それでも、やはり『どんな人なのだろう』という興味は湧いてしまう。その興味を顔や態度に出さないようにしなければならない。

コンコン、と扉をノックした。

少し待ったが応えがない。聴取室の小窓から覗いても人の姿が見えず、脇坂は眉を寄せた。多少待たせてしまったのだが……もしや、帰ってしまったのか。

扉を開けて、中に入った。

「え！」

声を出したのは井鳥だ。床の上に倒れている参考人を見つけて驚いている。脇坂は井鳥に調書ファイルを渡し、すぐ男に駆け寄った。緊急事態だ。床に膝をついて屈み込み、顔を寄せて呼吸の確認を……、

「うッ！」

今度は脇坂が声を上げた。

「わ、脇坂さんっ、いったいなにが、そ、その人はどうし……まさか、死……」

「さ……っ」

「さ?」

男から顔をそむけた脇坂は、あわあわしている井鳥に言った。

「酒くさい……」

ひどく酒くさいのだ。どれだけ飲んだらこのレベルの臭いになるのか。

ガオッと吠えるようなイビキが聞こえ、男がゴロリと寝返りを打つ。いまだ眠りながら、トレーナーの裾から手を突っ込んで、腹をボリボリ掻いている。下は何十年穿いているのかというデニムで、髪もかなり汚れており、それらの臭いもあるようだが……とにかく、アルコールだ。様子からして、急性アルコール中毒による昏倒ではない。ただ泥酔して寝ている。何度か揺すってみると、

「……んだよっ……ほっとけ……」

とうるさそうに脇坂の手を払う。

むろん放っておけるはずもなく、脇坂は声をかけ続けた。井鳥は顔をしかめながら窓を開けている。確かに早急な換気が必要だった。

「起きて、起きてください! ここは警察ですよ!」

「……るせぇ……うるせえな……てめぇ……わかってんのか、俺ァ河童だぞ……」

「それはわかってます! ほら、起きて!」

「ほっとけよぉ……俺ァ……あの河童だ……日本新記録の………」

男の寝言はしばらく続き、だがやがてまたイビキに変わってしまい、脇坂は鼻を摘まんだまま呆気にとられるしかなかった。

「なるほど。それが《河童》さんとの出会いだったんですね」
ひろむの言葉に「まいったよ」と頷いて、脇坂は荷物を抱え直す。大きな布製のマイバッグには一週間分の食料がぎっしり詰まっていて、手に提げるより抱えたほうが楽だった。歩くたびに、一番上に置いたポテトチップスがシャカシャカ音を立てる。首の後ろを汗が伝っていき、擽ったい。思わず首を竦めると、ひろむが気づいて、ハンドタオルで拭いてくれた。小柄な妻のために軽く屈み、脇坂はなんともいえない幸福を嚙みしめる。

七月、真夏日。
ふたりで、自宅から数駅離れたショッピングモールのある街に来ていた。大きな書店や流行のスイーツ店などもあり、買物を一度にすませられるので便利なのだ。

「まさか泥酔状態だとはね……呼んでも揺すっても起きないから、井鳥と一緒になんとか運び出して、空いてる応接のソファに寝かせたけど」

「なんだか心配な人ですね」

「目が醒めたあとで本人が言うには、警察に呼ばれたことに緊張して、勢いづけのために酒を飲んだって」

「勢い……」

数冊の本が入った紙袋を提げたまま、ひろむは眉を寄せた。せっかくの可愛い顔が難しい表情になってしまう。しまった、貴重な休日だというのに妻にこんな顔をさせてしまったと、脇坂は反省する。

「むっちゃん、今晩の映画はなににしようか。このあいだのインド映画面白かったよね。いきなり歌って踊りだすのも、慣れちゃえば楽しいし！」

脇坂とひろむは、なるべく休みを合わせるようにしている。

だが互いに忙しく、月に二回休みが合えばいいほうだ。そんな休日も溜まった洗濯や買い出しなどに追われ、あっというまに日が暮れる。それでも夜にはドラマや映画を楽しむ時間を作り、カウチポテトでまったり過ごすのが脇坂の癒しだった。もっとも、最近は胃がもたれるのでポテチは控えている。

「……このあいだ断酒会の連絡先を聞いたのは、その人のためだったんですね？」

妻はインド映画の話には乗ってくれず、脇坂も諦めて「そう」と頷く。

「結局、その人はネカフェでも酔って寝てただけで、事件に関わる情報もなし。だから目が醒めたあとはすぐに帰ったけど……あの調子でお酒を飲んでたら、いつか別の問題が起きそうだし……」

「連絡先、受け取ってくれましたか？」

「必要ないって言われたけど、無理やりポケットに突っ込んだ」

「捨ててないといいのですが。ひとりでお酒を断つのは本当に難しいので……」

ひろむの声は硬い。最近、アルコール依存症の依頼人を担当したばかりなのだ。その人物は一度は完全に酒を断ったものの、数年後に再び飲んでしまい、泥酔して傷害事件を起こした。脇坂もおおよその顚末は知っている。

人には逃げたい時がある。

よくある。しょっちゅうだ。けれど多くの場合、なんとか踏ん張る。逃げないように我慢する。かと思えば、逃げたほうがいいのに頑張りすぎる人もいる。あるいは逃げる気力すら失い、ただその場で立ち竦む人もいる。たぶん人生では、踏ん張るのと同じぐらい、逃げることが大切な時もある。問題はその逃げ方だ。言うまでもなく、アルコールや薬物への逃避は最悪のチョイスである。一度この負のループに搦め捕られたら、自力での解決は難しい。

件の《河童》は、過去に大きな挫折があった。

脇坂はあらかじめそれを知っていたのだが、今回の事件に関係することではなかったので、聴取の時には触れなかった。酔いが醒めた《河童》は虚ろな目つきのまま、それでも聞かれたことには答え、協力してくれた。もっとも、ほとんどの返事は「寝ていたのでわかりません……」だったわけだが。

――へへ、どうも、お世話かけちゃって……。

帰り際、そんなふうに頭を下げた。

痩せた身体、汚れた衣服、歪んだ笑み。

背は高いのに、姿勢が悪い。脇坂より若いはずなのに、ずっと老けて見えた。伸ばしたままの無精髭のせいもあっただろう。井鳥が真剣な顔で「あんまり飲むと、身体によくないですよ」と口にすると「ですよねぇ」と頭を掻く。酒が抜ければ低姿勢な人だった。書類上の住所は簡易宿泊所、仕事は日雇い労働と話していた。

「洋ちゃん」

呼ばれて、ふと我に返る。どうも最近ぼんやりしがちだ。

「あ、ごめん。ええと、買物これで全部だっけ？　最後に魚屋さんで……」

「ね、あれ、先生じゃ？」

ひろむが示した方向を見て、脇坂は「ほんとだ」と呟く。

少し先の交差点で、歩行者たちが信号待ちをしている。その中に洗足伊織の姿があった。ライトグレーの夏着物に、洒落たカンカン帽、そして白杖――。

「おひとりみたいだ。珍しいな」

夷もマメもいない。近所の散歩ならいざ知らず、ここのように人の往来が多い街は危ないのでは、と思ってしまう。視覚障害者を誘導するための黄色いブロックはほとんど塞がれているし、そこで立ち止まったままスマホをいじっている人もいる。

「お声をかけましょうか」

「うん。信号が変わったら……」

脇坂が言いかけた時、信号が青になった。人々が動き出し、洗足もスムーズにその流れに乗る。白杖が道路を叩く音は、安全の確認であると同時に、周囲に視覚障害者がいることを知らせている。洗足とともに横断歩道を渡っている人たちも、ちゃんと気遣ってくれているようだ――と安堵した矢先、

「危ない！」

ひろむが声を上げた。

脇坂は声を上げるより先に走った。荷物をひろむに押しつけるようにして、駆けだした。急だったので、ポテトチップスの袋が落ちる。

何者かが、洗足に体当たりしたのだ。

いや、倒れかかったと言うべきか？　すぐそばに立っていた男のようだった。洗足は男を支えきれず、ふたりともその場で転倒する。杖はその手から離れ、アスファルトで硬い音を立てて転がった。周囲の人々は驚いた様子だったが、横目で見ながらもそそくさと横断歩道を渡っていく人がほとんどだ。けれどひとりの若い女性が屈み込んで洗足に声をかけ、白杖を拾ってくれた。洗足が杖を握り、女性に礼を言っている。どうやら、大きな怪我はなさそうだった。

「先生、僕です。脇坂です」

道路に膝をつき、言った。

「……………脇坂くん？」

「お怪我はないですか。どこか痛いところは？　あっ、手が擦りむけて……！」

「きみがそんなに慌ててどうするんだい。あたしはたいしたことないですよ。ぶつかってきた人は？」

「す……す……すみません……」

倒れかかってきた男は、脱力して座り込んでいた。その顔を見て、脇坂は目を軽く見開く。相手も「あ」と口を開けた。信号が赤に変わりそうだったので、まずは全員で歩道に移動する。洗足はきちんと歩けており、ぶつかってきた男のほうがよほどふらついていた。

「あの、必要でしたら救急車を呼びますが」

手を貸してくれた女性がそう言ってくれる。脇坂が男に「怪我は？」と聞くと首を横に振り「ふらついただけです……」と答える。それを聞いた洗足が「問題なさそうだね」と静かに言い、今度は女性のほうに顔を向けた。

「お嬢さん、ありがとうございます。助かりました。たまたま知人もいたので、もう大丈夫です」

若い女性は「はい、では気をつけて！」と明るく言い、重そうなリュックを揺すり上げるようにして、小走りに去って行った。入れ替わるようにして、ひろむが「先生」と心配げに駆け寄ってくる。

「ああ、ひろむさんもいたのかい。なに、ちょっと擦りむいただけですよ」

「びっくりしました。……あなたも大丈夫ですか？」

ひろむはぶつかってきた男に聞く。はい、と答えはしたが、男は再びその場にしゃがみ込んでしまった。そして脇坂を見上げると「すみません……」と力なく謝る。

「力が……入らなくて……さっきも急にクラッとして……隣が見えない人だって、気がつきませんでした……しかも、刑事さんのお知り合いだったたなんて……」

え、という顔でひろむが脇坂を見る。洗足のほうは「知り合いかい？」とはっきり言葉にして聞いた。

「はい……」

脇坂は答える。

こんなところでまた会うとは……しかもまともに立っていられないような状態で。

きっとまた酒を……いや、だが、今日はアルコール臭はない。一方で顔色は、先週警察で会った時よりさらに悪く、頬がこけていた。

「ほんとにすみません……この数日……ろくに食ってなくて……」

「食べてない？」

語尾を上げたのは洸足だ。

どうしよう――脇坂は迷った。ほんの短い間だが迷った。

かつての洸足なら……見えている洸足ならば、この男が妖人だと見抜けたはずだ。

そしてその妖人が困窮しているならば、手を差し伸べただろう。けれど今の洸足に妖人を見分ける能力はなく、それどころか視力そのものがなく、そんな人に負担をかけたくなかったたし、ましてこの男は泥酔して警察に来るような、いわば厄介な――。

違うだろ。なにを考えている。

「先生、実は」

自分を叱咤し、脇坂は頭の中でぐるぐるしていた迷いを放り投げた。迷うこと自体が洸足に失礼だ。この人は今なお妖琦庵の主であり、妖人たちの支えだというのに。

脇坂の同情めいた気遣いなど百年早い。ばれたら叱られるに決まっている。

「この人は《河童》なんです」

だから、正直に告げた。

洗足はしばし黙していたが、やがて軽く頷くと「なら、あたしとおいで」と《河童》に顔を向ける。

美しい、偽の瞳を。


かくして、妖琦庵である。

「なんできみまで来るんだか」

そして、お小言である。

ああ、久しぶりだ。前回ここを訪れたのはまだ寒さが残る頃で、炬燵が出ていたはずだ。夷はもう炬燵をしまいたいのに、洗足が「まだいいだろう」とごねていたのを思い出す。

「にやにやするんじゃありませんよ。気味の悪い」

「えっ？　なんでわかっ……」

「やっぱりしてたのかい」

「鎌を掛けたんですね、ひどいなあ」

　脇坂がちょっと文句を言うと、洗足の頬が緩む。擦りむいた手の傷はきれいに洗浄され、大きめの絆創膏が貼ってあった。もちろん手当てしたのは夷だ。動きに不自由はなさそうなので、数日で癒えるだろう。

「本来なら、第三者を同席させたくはないんですがね。まあ、これもなにかの縁なんでしょう。結局彼は、きみが捜査していた事件とは関係ない人なんだね？」

「はい、たまたま現場に居合わせただけで。その頃はネットカフェを転々としていたそうです」

　倒れるほど空腹だった《河童》――名前は、瀬田という。

　瀬田はろくに状況を把握できていないままよろよろと洗足家に連れて来られ、食事を振る舞われたのだ。急なことなので、なにもありませんよ……夷はそう言っていたが、客間に運ばれた膳には大きなおにぎりがふたつと、具だくさんの汁椀、そしていかにも瑞々しい胡瓜の浅漬けが載っていた。食事のあいだはひとりにしておこうということになり、脇坂は茶の間で待機しながら洗足と話をしていたのだ。

よく会う地域猫がようやく触らせてくれるようになったとか、ひろむが最近ベランダ菜園を始めただとか……そんな他愛のない内容だ。久しぶりの洗足家で脇坂は硬くなっていたらしく、夷に「なんだか早口ですね」と笑われてしまった。

そのうちに瀬田の食事が終わり、いよいよ事情を聞く段となったわけである。脇坂としては彼のアルコール依存が気になっていた。断酒会には連絡したのだろうか。

洗足に続き広間に入ると、瀬田は座布団の上にきちんと正座していた。顔色もさっきよりだいぶいい。洗足と脇坂を見ると、おずおず頭を下げ、

「あ、あらためまして、本当にありがとうございました……転ばせてしまったのに、こんなによくしていただいて……」

緊張した声で、ぎこちなく礼を言う。

「わざとじゃないんだから、それはいいんです。……洗足家がどういう場所かは、家令から聞きましたね？」

「はい。その……妖人の、相談に乗ってもらえると……」

「お困りごとがあれば、ですが」

自分の座布団がどこにあるのか――まるで見えているように、すんなりとその上に膝を置いて洗足が言う。瀬田がちらりと脇坂を窺った。脇坂は襖(ふすま)のすぐ近くに控える形で座していたのだが、

「ええと、今の僕は刑事として居るわけではないのですが……同席していると話しにくいということであれば……」

と、立ち上がりかける。すると瀬田は「いいえ、違うんです、いいんです」と慌てたような声を上げた。

「いてください……このあいだも迷惑をかけてしまったし……それに、心配してくれてるのも……わかってます……だから……」

瀬田はズボンのポケットに手を入れ、くしゃくしゃになったメモを取り出した。脇坂の渡した、断酒会の連絡先だ。捨てていなかった。だが、連絡を取ってもいないのだろう。携帯電話に番号が登録されれば、メモはもう不要なのだから。

つまり彼はまだ、迷っている。

「これ……断酒会の番号です……このあいだ、刑事さんがくれて……」

見えない洗足のために、瀬田は説明した。

「……俺はもう長いこと酒浸りで……いつも酒でフラフラしてて……今日は空腹でフラフラしてて……食いもんより先に酒を買っちまうから……」

瀬田は俯き、語り始めた。

「自分のどうしようもなさに困っているというか……絶望してます……」

「あのオリンピック選考会以来ということですか?」

洗足が問い、瀬田は顔を上げた。

「どうしてそれを……。あ、刑事さんが……？」

いいえ、と洗足は答える。

「脇坂くんは人としてはだいぶ粗忽(そこつ)ですがね、刑事としてはそれほどひどいわけではない。あなたの個人情報をペラペラと喋ったりはしませんよ。先ほど名乗ってくれたでしょう。瀬田さん……瀬田翔太郎(しょうたろう)さん」

覚えていますとも、と洗足は瀬田を見る。

いや、見てはいないのだが……そうとしか思えないほど、正しく瀬田のほうに視線を向けているのだ。洗足が帰ってきた直後、脇坂を絶句させた青い義眼は、今は自然な色みのものに替えられていた。

「まだ妖人という存在が明らかになってまもなく——確か、選手たちに遺伝子検査が義務づけられたばかりの頃でしたね。あなたは妖人《河童》と判定され、オリンピックの出場資格を取り消された。日本で一番速い自由形の選手だったのに」

「あ……はい、そうです……俺がその瀬田です……」

せっかく一度上がった顔が再び畳を見つめてしまう。

ふかい溜息がひとつ。そして瀬田はぽつりぽつりと語り出した。

周囲の期待を背負い、勝ち取った日本代表の座。きつい練習に励んだ日々。

地元を歩けば、老若男女が声をかけてくれたと言う。すごいね、オリンピックだね、努力が報われたねと笑顔を見せてくれて——そこからの急転直下だ。

「オリンピックは中学ぐらいから意識していました……学校でも、俺より速く泳ぐやつはいなかったし……コーチも俺には特別な才能があるって……。高校に入ってすぐ、強化選手に選ばれました。そこからは毎日水泳の日々で、記録も順調に伸びて、俺は……俺、金メダルを取れたら、インタビューでなに言うかまで考えてたんですよ。コーチに礼を言って、家族にも礼を言って、友達にも、あと応援してくれたたくさんの人にもありがとうって……バカみたいでしょう……ほんと……バカだ……」

洗足は黙したまま、ただ瀬田の話を聞いていた。手にしている扇子は閉じられたままで、まだ一度もパチンと鳴っていない。

「オリンピックに出られなかったのは、ほんとキツくて……でも、もっとしんどくなったのは、そのあとでした。みんなが、周りの人たちが俺のことを見る目です。今まではずっと……なんていうか、尊敬？　そこまでじゃなくても、感心してくれてて、たいしたもんだ、って思ってくれてるのが伝わったっていうか……なのに……」

報道のあと、周囲の人々は手のひらを返したそうだ。

——瀬田選手、《河童》だったんだろ？

——そりゃ泳ぐのうまいよなあ。ずるいっつーか、不公平だ。

——ニュース見た？　なんかがっかり。努力で勝ち取ったと思ってたのに。

——《河童》なら生まれつきじゃん、ラクでいいよねえ。

「ラクなんか、してない」

瀬田の声が震える。

「そりゃ子供の頃から泳ぐのは得意だったし、好きだったし、小学生の時からあだなはカッパで……。でも、本格的に水泳を始めてからは、必死に努力してきたんです。スタミナがあるからって、みんなより長い距離を毎日泳いで、クタクタになるまで泳いで……友達と遊びに行ったり、家族と旅行に行ったり、そういうの全部諦めて、ずっと泳いで、青春のぜんぶを水泳に捧げて……」

その言葉に嘘はないだろう。瀬田は努力してきたのだ。

生まれつきの能力はあったにしろ、そこにさらに努力を重ねたのだ。オリンピックという世界の頂点を目指し、懸命に登ってきたはしご——なのにそれを、もう少しでてっぺんに届くというところで、予想もしない形で外されてしまった。

「急に俺は嫌われ者になりました。ズルをした奴になりました」

苦しげな告白は続く。

「家族も妖人なんだろうって陰口をたたかれて、嫌がらせもされて……実際は、わかんないんです。妖人検査は俺しか受けてないし、俺みたいに泳げる家族はいないし。

けど、世の中の人たちは、事実なんてどうでもよくて、勝手に《河童》一家だと決めつけられて……妹は婚約破棄されて、父は急に地方に転勤の辞令……。俺、なんかもう、家族に悪くて……黙って家を出て……」

知らない土地で働き、だが自分が元水泳選手の瀬田だとばれると、また仕事を変える。定職につかず住所不定のまま、移動を繰り返していたという。

「ヒモみたいな暮らしをしてた頃もありました。そいつは優しい女で、たぶん俺のこと知ってたと思うけど、絶対に水泳の話はしなくて……でも、モト彼が刑務所から出てきて、そいつに散々殴られて、そこにもいられなくなって……」

最初は、殴られた痛みから逃れようと酒を飲んだそうだ。

鎮痛剤は値段が高いし、健康保険の期限が切れていたので病院にも行けなかった。満身創痍の身体で、しかも宿無しだ。アルコール度数が高い酒に頼らなければ、路上で眠る生活は耐えられなかったと話す。

「そうやって痛みをやり過ごして……痛みがなくなってからも、酒を飲んでたほうが楽だって気がついて……頭がぼうっとしてれば、なにも考えなくてすむから……」

追い詰められた人にとって、考えなくてすむというのは甘い罠だ。おのずと昼間から飲むようになっていく。時々日払いの仕事はするが、稼ぎのほとんどが酒で消えていく。その仕事ですら、アルコールへの依存が高くなればまともにこなせなくなる。

金がないというストレスから逃げたくて、また酒に手を伸ばす――。

「お……俺の人生は、もう終わったも同然です……」

　つっかえながら語る瀬田の拳が、膝の上でギュッと握られる。

「居場所も金もない……なんも食わなきゃ死ねるかと思ったけど……結局人に迷惑かけただけで……さっきみたいに、ピカピカの握り飯を出されりゃ食っちまうし……。俺は本当にダメなやつです……なんの価値もないんです……」

「価値、ね」

　洗足がようやく口を開いた。

「ひとつ聞きましょうか。瀬田さん、あなたにとって価値のある人間とは？」

「……それは……オリンピックでメダルをとって国民を喜ばせられるような……」

「国民。また大きく出たものだ」

　パチン、と扇子が鳴る。

　ほとんど条件反射で、脇坂の背筋が伸びる。

「ちなみにあたしは、見えている頃からスポーツ観戦にさほど興味がなく、オリンピックより囲碁中継がありがたいと思ってたのですが、国民の数に入りますかね」

「えっ、あ……それは……人それぞれだと思うので……ええと、とにかく誰かの役に立てるなら、きっと価値のある人で……」

ちょうどその時、襖が静かに開いてマメが顔を出した。お茶を持ってきてくれたのだ。お手製だろう水羊羹（みずようかん）も盆に載っている。

「失礼します。冷たい焙じ茶をお持ちしました」

「ありがとう、マメ。……ふむ、ではこの子に聞いてみましょうか。マメ、おまえは誰かの役に立っている、価値のある人間かい？」

突然の質問にマメはパチクリと瞬きをし、それからニッコリと笑うと、

「残念ながら、とくに役に立ちません！」

至って明るく、そう答える。いやいやいや、その可愛らしい笑顔だけで全人類の役に立っているよ、と心の中で唱えてしまう脇坂だった。

「僕、たまにバイトをするぐらいで定職についてませんし、家のことだってほとんど夷さんにお任せです。先生のように、こうして妖人の方の相談に乗ったりもできませんから……あれ、役立たずっていうやつになるのかな？」

お茶と水羊羹を皆に出しながら首を傾げるマメに、脇坂はブンブンと首を横に振った。瀬田も「そ、そんなこと」と戸惑いを見せている。水羊羹はつやつやと、今日もとても美味しそうにできている。

「だって……きみはまだ、子供だからいいんだよ。高校生くらいだろ？　子供が家族の世話になるのはあたりまえだし……」

「あ、僕はもう子供じゃないんですよ。ネオテニー型妖人なので若く見えるだけなんです。それに、この家の家族ではな……」

言いかけた言葉をふいに止めて、洗足を見る。洗足は指先で江戸切子のグラスを探り当て、静かに手にしたところだった。

「……いえ、家族です。先生と夷さんは僕の家族。でも、血縁はないし親戚でもないので、住民票ではただの同居人ですね。他人という見方もできるかも」

「……でも……だけど……それでも……きみはそんなに可愛いし……それだけで価値があるじゃないか……」

次第に瀬田の声が小さくなっていく。洗足は「やれやれ」と呆れた声を出し一口お茶を飲んだ。

「今度は外見（ルックス）の話ですか？　なら、あたしにとってはマメは価値がないと？　このとおり、あたしはまったく見えないのでね」

「そ、そういう意味では……」

パチッ、とさっきより強く扇子が鳴る。

「いいかげん戯言（ざれごと）はやめましょうか。そもそも価値なんて言葉は、人間に対して使うべきではない」

洗足の言葉が次第に厳しい色を帯びてきた。

「その言葉はね、人がなにか買う時、大昔ならば物々交換の時、釣り合いが取れるかどうかを考えるための言葉です。自分が損をしないために」

「それでも……みんな言います。周りが言うんです。あいつはもう、価値がない……妖人だから、《河童》だから価値がないって……」

「周りなど、どうでもよろしい！」

強い口調が空間を震わせた。久しぶりの圧倒感に脇坂まで息を呑む。

洗足の声はさほど大きいわけではない。決して怒鳴ってはおらず、それでもしなる鞭のような強さがあるのだ。

「瀬田さん。問題はあなたです。あなたが決めつけていることです。自分は役立たずだと、価値がないと。……確かに、他人から否定されるのはつらいことです。けれどそこから逃げるために先回りして自虐したところで、決して楽にはなれませんよ。事実、今あなたはそんなに苦しんでるじゃありませんか。だいたい、どれぐらい役に立つかなんか気にしないでいいんです。主人にとっての奴隷じゃあるまいし。べつに誰の役に立たなくても構わないでしょうが」

「……役に立たなくても……構わない……？」

「ええ。他人の役には立たなくていい。ただ、自分の役には立ちなさい」

「え……？　自分の……？」

ぐらり。

きっと今、瀬田は揺らいでいる。感覚が、考えが、気持ちが……ぐらぐらしている。脇坂にはその気持ちがよくわかった。洗足と話していると、自分があたりまえだと思っていた前提や観念が、しばしば揺さぶられるのだ。

「自分にとって、いいことをしなさい。自分をいたわり、大切にし、心地よくすごせるように努力する」

「……他人の役に立たないのに……心地よくすごすなんて……」

「それが人の――いいえ、生物の原則ですよ。我々はもともと自己中心的なんです。自分が一番大事であり、それが自然です。複雑な社会を形成するホモサピエンスだろうと、原則は変わりません。自らを大事にするという基本が成り立たないと、他者を大事にすることもできないんです。もちろん、自分だけが大切だというタイプは論外ですがね。……いいですか、瀬田さん。あなたはたまたま妖人であったばっかりに、人生を狂わされた。その点は同情します。結果、仕事もなく住むところもなく、食事すらまともに取れず、アルコール依存症……お気の毒です。でもそろそろ終わりにしましょう。あれから何年も経っています。あなたにひどい言葉を放った人たちは、もうあなたのことなど忘れてるかもしれません。そんな連中が無責任に放った呪縛から、抜け出さなければ」

「……もう、俺は底辺にいるんです……今更どうやって……」

「妖人の互助組織が力を貸します。しばらく落ち着ける場所を提供し、各種支援への繋ぎをすることも可能です」

「けど……そんな……迷惑をかけるのは……」

「誰かに少し助けてもらうことを『迷惑』と言うのはやめませんか。……あたしは視力を失ってから、たくさんの人に助けられて生きていますが、それをいちいち迷惑だろうとは考えません。なぜなら……」

洗足は声のトーンを落とし、静かに続けた。

「手を差し伸べてくれた人に、失礼だと思うからです」

その言葉に瀬田はなにも返せない。ただ黙って、美貌を見つめている。洗足のほうもそれ以上の言葉を発しなかった。しばらく沈黙が支配していた座敷に、明るい声をポンと放ったのは——。

「そうですよね。迷惑とか、そういうの考えすぎないほうがいいのかも」

マメだった。

「そんなこと言ったら、僕なんて、ずうっと居候なんですから」

「……マメは家族ですから、居候ではないよ。それに、マメはただそこにいるだけで役に立ってます。そうだろう、脇坂くん」

話を振られ、ここぞとばかりに「もちろんです」と脇坂は答えた。

「マメくんがいる場所は、空気がきれいになる気すらしますよ！」

「え、僕、空気清浄機ですか？　あはは」

空気の浄化についてはともかく、マメが笑うとその場が和むのは間違いない。瀬田ですら、表情をいくらか柔らかくしていた。

「あの、僕は《小豆とぎ》なのですが、《河童》の方には初めてお目にかかりました。水の中をスイスイ動けるのは気持ちいいでしょうねぇ」

無垢な質問を向けられて、瀬田は「まあ……多少は……」と曖昧（あいまい）に返す。おそらく彼はオリンピックの代表を外されて以来、ほとんど泳いでいないのだろう。あるいは一度も水に入っていないのかもしれない。

「マメくん、でしたか……《小豆とぎ》って……なにをするんですか？」

「はい、小豆をとぎます！　そうするとね、心がとっても落ち着くんですよ」

「……はあ」

「あと、あんこを使ったお菓子も得意ですよ。その水羊羹、僕が作りました！」

「はあ……なるほど……」

おずおずと、瀬田が水羊羹に手をつけた。ひとくち食べて「あ、うまい」と少し驚いたかのように言い「和菓子なんて……久しぶりだ……」と呟くようにつけ足した。

洗足も水羊羹を食べ始めたのを見て、脇坂も小さな木匙を手にする。ひんやりと瑞々しい甘さが舌にのり、すべらかに喉を通っていった。素朴な、だが丁寧に作られた甘味が緊張感を癒してくれる。

夷も座敷にやってきて、瀬田に仮住まいの場所について説明を始めた。『結（ゆい）』と呼ばれる妖人の互助組織は以前にも増して活発に活動しているようだ。瀬田は話を聞きながら何度も頭を下げ、恐縮していた。

どこからかジワジワと蟬の声が聞こえてくる。

ああ、夏だ、と思った。

この数年夏休みなどほとんど取れず、海だの山だの、夏らしい場所にも行っていない。休暇を取ろうとしてはいるが、事件は脇坂の予定にかかわらず発生する。時々鱗田から「ツケを溜めんなよ」と叱られる。ちゃんと休んで、疲れを蓄積させるなという意味だ。そうすべきだとわかっている。ひろむは脇坂の多忙さに口を挟むことはないが、身体にだけは気をつけて、と言ってくれる。

そのとおりだ。身体が資本だ。

けれど、恐怖に震える被害者、あるいは泣き崩れる遺族を見てしまったら——。

「海に行こうかね」

いきなり、洗足が言った。

　脇坂は「え？」と口を開け、夷は「また突然ですね」と返し、マメは「わあ！　海！　行きたいです！」と身を乗り出す。瀬田はただぼんやりしている。

「瀬田さん。そこまで恐縮なさるんなら、ちょっとばかし恩返しをしてもらいますよ。うちの夏休みにつきあってください。マメに泳ぎを教えてやってほしいんですよ。この子は海は大好きだが、浮き輪が手放せなくてね……」

「えへへ、僕、バタ足しかできなくて」

「海って……でも、そんな急に…………」

　戸惑う瀬田に、洗足が「忙しいとは言わせませんよ」と釘を刺す。これから世話になる身としては断りにくいし、その気力もないだろう。瀬田は「はぁ、では……」と項垂れるしかないようだ。

　そうか、洗足家の夏休みか。

　そういえば以前、沖縄まで洗足を追いかけていって叱られたよなあ……と脇坂は過去に思いを馳せる。考えてみると、あれ以来海に行っていない。いや、捜査で東京湾には何度か行ったか。事件現場の確認だとか、聞き込みだとかで……。

「そこでぼんやりしてる刑事さん。きみも同行してもらうよ」

「へっ？　え、僕も行くんですか……？」

「いやならいい」

「い、いやじゃないですよ！　そんなわけないでしょう！　ただ、仕事の都合が……日程を教えていただいて、大丈夫そうなら……」

「マメ、聞いたかい。脇坂くんはおまえと海に行くより、仕事が大事だそうだ」

「ちょ、違っ」

「仕方ないです……脇坂さんのお仕事は責任が重いですから……」

「そうだねえ。なにしろ東京の安全を担っているわけだし」

「いや、ですから、違いますって！　ええと、マメくんっ、スケジュール調整するから！　なるべく行けるように……」

「ほう、なるべく？」

洗足が片眉を上げ、にやりと笑う。

「いやいや大変ですね。警視庁というのは人材不足なんだねえ。きみが二日三日休むと、東京は犯罪の巣窟になるらしい。脇坂くんときたら、東京に欠かせないヒーローだ。そろそろアベンジャーズから勧誘が来るのかな。ヒーローネームはスイーツ・ディテクティブとかかね？　空を飛べるスーツは用意したかい？」

パチン、パチンと扇子を鳴らしながら言われ、脇坂は金魚よろしく口をパクパクさせていた。

だが忙しいのは事実で、事件はいつだって起きるし、後輩の指導もあるし……。

もちろん自分はヒーローなどではなく、みなと一緒に海には行きたくて、

「先生、意地悪ですよ」

夷が小さく笑いながら主に釘を刺す。洗足は口を噤んで、フンとばかりに庭へと顔を向けた。

「脇坂さん。先生はね、あなたにも休暇を取って欲しいんです。かなりお疲れのご様子ですから」

「え」

「そうですよ脇坂さん。顔色もあまりよくないし、痩せたでしょ」

マメにも言われ「え、そんなに？」と脇坂は自分の頬に触る。鱗田にも同じことを言われた。体重計にはこの一年くらい乗っていないが、そういえばベルトの穴がずれている。だが、脇坂が痩せたにしろ顔色が悪いにしろ、それが洗足に見えるわけではないのに——。

「……声を聞けば、わかる」

不機嫌に、その人が言い放った。

いつもそうだ。優しいことを言う時ほど、洗足の声は不機嫌な色になる。そして脇坂は、なんだか泣きそうになってしまうのだ。

「……ご一緒します。休暇はもぎ取ります」

ちょっとだけ、声が上擦ってしまった。

「……むっちゃんも、連れて行きます」

「あたりまえでしょうが」

洗足はそっぽを向いたままで、そう返してくれた。

二

ざん、ざざん。

寄せて、砕け、遠ざかる波音。

好天、夏空、目に痛いほどの太陽。その光線で熱せられた砂を、脇坂は足裏に感じる。そしてなにより、この香り。この独特の、潮の……海の……いや、しかしこれは……この力強い主張はソースの……。

「焼きそば?」

ひろむが言い、脇坂は「焼きそばだね」と頷く。

浜辺に到着した脇坂たちを真っ先に迎えてくれたのは、ストロングな焼きそばのにおいだった。めちゃくちゃ美味しそうである。

「うーん、透き通るような青い海……というわけにはいかないか」

脇坂がぼやくと、ひろむが「でも綺麗ですよ」と麦わら帽子を押さえて言う。潮風が少し強い。

そう、確かにじゅうぶん綺麗だ。沖縄の離島、珊瑚礁の海の記憶が強いので、つい比べてしまったわけだが、千葉の海だって綺麗だ。東京からのアクセスはいいし、安全な砂浜は家族連れで賑わっているし、焼きそばやカレーが食べられる海の家もある。ああ、今度はカレーのにおいがしてきた……。

「脇坂さぁん！」

夏空に負けないほど明るい声はマメである。遅れてやってきた脇坂とひろむを見つけ、砂を蹴って駆け寄ってきてくれた。水着の上にパーカーを羽織っているが、まだ身体は濡れていない。

「マメくん、遅れちゃってごめん。道路が結構混んでて」

「海水浴日和ですもんね。でも無事に到着できてよかったです！」

「ありがとう。……それで……彼、ちゃんと来てる？」

もちろん、瀬田のことを聞いたのだ。マメはニコニコしたまま頷いた。

「大丈夫、いらしてますよ。朝早く、ちゃんと迎えに行きましたから」

「え、マメくんが行ってくれたの？」

「いえいえ僕ではなく、もう少し押しが強くて、頼りになる人が」

ある人物が思い浮かび、脇坂は「あー……」と声のトーンを下げた。その隣で、ひろむが「あそこにいらっしゃいますね」と海の家から出てきた男に目をやる。

脇坂がそちらを見ると、両手にかき氷を持った甲藤と目が合った。右手のは黄色いシロップ、左手は緑だ。

なるほど、あの《犬神》が瀬田を迎えに行ったわけか。

「おっ、ひろむさんだー。なんかすごい久しぶりー。お元気でしたか」

甲藤が大股でやってきて、脇坂など見えないかのようにひろむに頭を下げた。マメと同じように水着の上にパーカーを羽織っている。シックスパックに割れた腹筋にいささか嫉妬を覚えた脇坂だが、顔には出さないように心がける。

「おかげさまで元気にしています。甲藤さんもお元気そうでなによりです」

「いやもう、去年やっと卒業できて勉強から解放されたんで、そりゃー元気ですよ。正直二度と、教科書とか見たくないっすね」

「でも高校卒業資格を取ったおかげで、新しい仕事につけたんだろ」

脇坂が話に割り込むと「あれっ、おまえいたの？」などと失礼な反応をする。もっとも、いつもこの調子なので慣れっこだ。甲藤とマメは通信制の高校教育の課程を無事に終えたのだが、ひろむは度々勉強のアドバイスをしていたらしい。マメは引き続き別の資格取得に向けて勉強中であり、甲藤は運送会社の正社員となった。

「で、瀬田さんはどこなんだ？」

「あー、《河童》の人なら、ほら、あのタープの近くのパラソルんとこ」

甲藤が示したほうに、グリーンのヘキサタープが見えた。

「先生たちはタープの下だよ。夷さんと俺でさっき設置した。先生を日焼けさせるわけにはいかねーからな」

「なるほど。それはご苦労」

「なに偉そうにしてんだ。言っとくけど、おまえの居場所はビーチパラソルな。あっ、ひろむさんはタープにどうぞ。ちゃんと椅子もあるんすよ」

「私もビーチパラソルで大丈夫ですよ。海なんて本当に久しぶり……砂の上にシートを敷いて寝転がりたいな」

「もちろんもちろん、寝転がっちゃってください！　俺が背中に、オイルとか日焼け止めとか塗ってあげます！」

「……甲藤、そのかき氷、先生たちのじゃないの？　溶け始めてるけど？」

じわじわ形を崩しているかき氷を見ながら脇坂が言うと、甲藤は「いけね！」と慌てて走り出した。ひろむの背中を死守しなければと心に誓う脇坂である。

荷物を抱え直し、洗足のもとへと移動した。サンダルはすぐ砂まみれだ。

タープの日陰にはキャンプ用の椅子三脚と小さなテーブルが置かれている。レモン色のかき氷を食べている洗足に、背後に立つ夷が「脇坂さんとひろむさんですよ」と声を掛ける。

「ああ。来たかい」

「はい、参りました。今夜のバーベキュー用に、ちょっと奮発したお肉を持ってきましたよ」

「おや、気が利くね。では脇坂くんはお肉を置いたら帰ってもよろしい。お忙しいんだろうから。ひろむさんはあたしたちと一緒に、楽しくすごしましょう」

脇坂が「そんなあ」と情けない声を上げると、洸足が少しだけ口角を上げた。ひろむは笑いながら「でも洋ちゃん、お肉焼くのうまいですよ」と言ってくれる。

瀬田もパラソルの陰からのっそりと出てきて、脇坂とひろむに会釈をしてくれた。水着姿ではなく開衿シャツとハーフパンツだ。相変わらず痩せていて、顔色は前回ほど悪くないが、寝起きのようにぼんやりした顔をしている。実際、寝ているところを無理やり連れて来られたのかもしれなかった。洸足は縞の浴衣を粋に着こなし、夷は普段とさほど変わらない格好だが足元はビーチサンダルである。

「チビちゃん、準備運動したか？」

甲藤に聞かれ、マメは「バッチリです！」と答えた。そして脇坂とひろむを振り返ると「支度ができたら、いらしてくださいね！」と言い、甲藤と一緒に波打ち際に走って行く。脇坂たちも服の下は水着なので、すぐに海に入れる態勢だ。

「むっちゃん、先に行っておいでよ」

脇坂は、再び瀬田が隠れるように入ったパラソルを見ながら言った。

ひろむは少し考え、頷いた。鮮やかなほどの勢いでパパパッと脱ぎ、ターコイズブルーの水着姿になって、「いってきます！」と駆け出して行く。夷がタープの下から「準備体操してくださいねー」と声を掛けた。引率の先生みたいだなあ、と脇坂は少し笑ってしまう。

「脇坂くん」

洗足に呼ばれ、「はい」とそばに行く。

「差し支えなかったら、みんなの様子を説明してくれないかい」

「もちろんです。……むっちゃんが今、浅いところでマメくんたちと合流しました。あはは、準備運動はしなかったですねえ。ターコイズブルーの水着がよく似合ってます。……むっちゃんがあんなに楽しそうなの、久しぶりだなあ……。おっと、マメくんが甲藤に浮き輪を取られて、追いかけてますよ。あ、まだ全然足のつくところだから大丈夫ですけどね。水がキラキラ跳ねて……みんなとっても楽しそうです」

目にした光景を言葉に変えていく。見ることのできない洗足のために、できるだけ詳しく描写したかったのだが、そのための文才を脇坂は持っていなかった。単純な言葉でダラダラ喋るだけなのだが、洗足は文句も言わずに聞いていた。喋りすぎた脇坂が途中で少し息切れすると、食べかけのかき氷が差し出される。

その時、瀬田が立ち上がってどこかへ行こうとした。

「どちらへ？」

聞いたのは夷だ。瀬田は竦んだように立ち止まり、顔半分だけ振り返って「水を……買いに……」と答える。

「水ならクーラーボックスの中にたくさんありますので、どうぞ」

「いえ……あの……焼きそばも食べようかなと」

「いいですね、焼きそば。それでは脇坂さんも一緒に買いに行ってはいかがでしょう。ねえ先生」

「それがいいね。泳げばマメたちもお腹が減るだろう」

「承りました！　さ、瀬田さん、行きましょう」

「あ……はい……」

瀬田が嘘をついているのはわかっていた。無論、洗足と夷もわかっている。瀬田は水を飲みたいわけではなく、焼きそばが食べたいわけでもなく、酒が飲みたいのである。おそらくは、瀬田自身も自分の嘘がばれているのをわかっているはずだ。あるいは、誰かに止めてほしかったのかもしれない。

「あっつ！　今日は本当に海水浴日和ですね！」

隣でよたよた歩く瀬田に、脇坂は話しかける。

「僕はたいしてお酒は飲みませんが、こんな夏のビーチだとさすがにちょっとビールが欲しくなっちゃうなあ。あ、もちろん飲みませんよ。これから泳ぐ気満々ですし、飲酒して海に入るのはすごく危険ですから」

あえて小うるさくしている脇坂のほうは見ずに、はためくビールの幟（のぼり）を見つめながら、瀬田は「はあ」とだけ返す。

「えーと、僕たち全部で七人。焼きそば、四パックぐらい買って帰りましょうか」

「はい……」

「足りないかな。泳ぐのってカロリー使うからなあ。瀬田さん、マメくんに泳ぎ教えてあげるんでしょう？」

明るいグレーの砂の上、ふたりの影は濃い。俯きがちな瀬田は、なるべく海のほうを見ないようにしているようにも思えた。

「……もう教えました……プルの……腕の動きのコツとか……」

「え、もう海入ったんですか」

「いえ、浜で……俺は……海に入りたくなくて……だって《河童》は川の生き物ですからね……淡水、じゃないと……」

これも嘘だろう。川だろうと海だろうと、瀬田は泳ぎたくないのだ。けれど、この小旅行には同行した。甲藤が無理やり連れて来たにしろ、とりあえず留まっている。

それだけでも、彼にはかなりの努力が必要だったはずだ。

そのあとは黙って歩き続け、やがて海の家を通り過ぎてしまった。

焼きそばのにおいも、ビールの幟も遠ざかっていく。もうなんのために歩いてるのかよくわからないが、それでも瀬田は気怠い歩みを止めないし、脇坂もつきあう。サンダルどころか、足首あたりまで砂まみれになっていく。

「――断酒会、連絡してみましたか？」

広々した海の前で、探るような言い方はしたくない。だから脇坂はストレートに聞いてみた。責めるような雰囲気にならないように気遣ったら、やや平坦な口調になってしまう。

「……まだです」

「そうですか」

していない、ではなく、まだ。

それならば、いつかはしようという意思はあるのだ。事件絡みで偶然知り合ったにすぎない刑事が急かせば、逆効果かもしれない。洗足たちに任せておくのがいいと判断し、それ以上聞かなかった。

躓（つまず）いた時、転んだ時、あるいはどん底に突き落とされた時……回復していく速度は人それぞれだ。

頑張れない時に頑張れと言われるのは、わりとつらい。だって頑張り方が思い出せないのだから。脇坂も、いくらかはそれを経験して……いや、今だって躓いているのかもしれなかった。かろうじて転んでいないだけなのかもしれない。

「僕ね、瀬田さん」

「はい……」

「恵まれた環境で育ったんですよ」

「……はい？」

瀬田がこちらを見る。怪訝な顔に、脇坂は笑みを返した。

「わりと裕福な家庭に育ちましたし、勉強も運動も飛び抜けてはいませんが、まあまあできるほうでしたし、姉がたくさんいたせいか、学生時代も社会に出てからも女性と良好な関係を作るスキルも高めで」

「……はあ」

「そのぶん同性からは、なんだあいつみたいな目で見られることも、たまにありましたね。とはいえこう見えて如才ないタイプなので、そこまで衝突することもなかったし。刑事になって最初に組んだ先輩も……昭和感強めのオジサンでしたが、すごく尊敬できる人で」

「はあ。そうですか」

「しかも、あんなに可愛い妻までいます」

「…………よかったですね」

「そうなんですよ、よかったんです。幸運なんです。……うん、ほんと、運ってやつです。偶然と言ってもいいのかな。今考えてみると、運が悪ければ死んでいたかもしれない場面もありましたし。まあ、仕事柄、たまには」

「…………」

「僕、自己責任論っていうのが苦手で。そりゃ、責任は大事だし、頑張った人はサボった人より報われるべきだと思います。努力する人は偉いと思うし、それによってなにか勝ち取ったなら称賛されるべきだと思います。……でも、やっぱり運とか偶然とか、あると思うんですよ。努力とか心がけでどうにもならないものが」

ざん、ざざん。

波の音が大きくなった。

いや、人々のざわめきが小さくなったのだ。ふたりはいつのまにかビーチのかなり端の方まで来ていた。ここから先は岩場になってしまうので、もう進めない。

進めないなら、立ち止まるのもありだろう。

「…………俺は運が悪かったっていう話ですか？」

瀬田がぼそりと言う。

「どっちかと言うと、瀬田さんが悪いわけじゃない、っていう話かな」

「慰めてくれてるわけですかね」

「そうできたらいいんですけど、僕では無理ですよね。僕は妖人じゃないし……まあ、仮に同じような経験をしていても、慰められるとは限りません。そもそも誰かを慰めたいなんて傲慢な考え方なのかもしれない。かといってそれをやめちゃうと、それはそれでディストピアでしょ？　難しいですよね、こういうの。だからまあ僕の話なんて、どうでもいいんですよ。自分で言うとちょっと悲しいけど……うん、多分どうでもいいと思う。ただ……」

ざん、さざん。

波は穏やかだ。今日のところは。

「先生がなにか仰ったら、それはどうか心に留めてください」

脇坂はそう頼む。

「……あの人は、なにも言いません」

「では、いつかなにか仰ったら」

「夷さんもマメくんも……日常的な会話はありますけど……酒のこととかは、言いません。アパートの世話をしてくれて……そのあとも食事に呼んでくれたり……。お茶室にも一度……俺は作法なんか全然わかんなくて……」

するとと洗足は言ったそうだ。

適当で大丈夫ですよ、どうせあたしは見えないんだから、と。

「そりゃそうなんだけど……けど、なんだかあの人の前だとちゃんとしてなきゃっていう気持ちになるんですよね……」

「ものすごくわかります、その気持ち。先生のお茶は美味しかったでしょう?」

「……どうかな……苦くて、少し甘くて……」

瀬田はしばらく考えたあと、「やっぱりよくわからないや」と呟く。それから、ようやく脇坂の顔を見て、

「先生の、あの目は……生まれつきじゃないんですか?」

そんな質問をした。脇坂は「両方見えなくなったのは、四年前ですね」とありのままを答える。

「左目は、僕が最初にお会いした頃から塞がってましたけど」

「病気かなにかで……?」

「いいえ。そうではないようです」

すべてを答えはしなかった。もっと知りたければ、瀬田自身で洗足に聞くべきだと思ったからだ。

「……そうですか……いいえ……なんとなく気になっただけで……」

瀬田はそこで話題を引っ込めた。おそらく洗足に問うことはないだろうが……仮に聞かれたとしたら……あの人は答えるだろうか。

見えすぎる左目は……《サトリ》の目は、母親に塞がれたと。

そして残った右目は。

ざん、ざざん。

今穏やかな海は、明日には荒れるかもしれない。

高い波はいとも容易に人を呑み込むかもしれない。

「端っこまで来ちゃいましたね。戻りましょうか」

「……はい」

「焼きそば買わないと」

「……どっちかっていうと、焼きうどんのほうが好きなんです」

「僕、醤油味なら焼きうどんで、ソース味なら焼きそばだな！」

「え、両方ソースがうまいですよ……」

帰りはだいぶどうでもいい話をしながら、浜辺を歩いた。

途中、組み立て式の監視塔の前を通る。やや年嵩（としかさ）の監視員が拡声器を使い「ブイを越えないでくださーい、危険でーす、そこ、サメの浮き輪の二人組～！」と注意をしている。

大きなサメの浮き具に摑まっていたのは男女のカップルだ。注意されたことに気づき、岸のほうへ移動を始めた。マメたちはどこだろうかと見回してみたが、人が多くて見つけられない。無謀なところのある甲藤がやや心配だったが、泳げないマメがいるのだから安全を優先させているはずだし、ひろむもいるので大丈夫だろう。

「遅いよ。焼きそばを買いに行くだけで、ずいぶんかかるじゃないか。こだわりの手延べ麺でも打ってたのかい」

タープに戻るなり、洗足に小言を食らってしまい苦笑する。

マメたちはすでに戻ってきており、バスタオルを被ったひろむが「ああ……いいにおい」と鼻をクンクンさせた。甲藤も「腹減ったあ」と騒ぎ、マメはみんなに箸を配っている。

「すみません、ちょっと散歩してたので。あー、四パックじゃ足りなかったかな。追加で買いに……」

行きましょうか、と聞きかけた脇坂だったが、誰かの叫ぶような声が邪魔をした。潮風が強く、声はすぐに飛ばされてしまい、よく聞こえない。耳を澄ませると、またなにか叫ぶ声がして、だが内容までは摑めない。

耳の良い夷の顔つきが変化した。睨むように海を見て、

「誰かが流されています」

そう言った。

直後、再び、今度は複数の声が風に乗ってくる。子供が……黄色……流れが……危険……いくつも重なった単語が緊急事態を告げていた。夷は顎を少し上げ、目を閉じて集中している。

「黄色い浮き輪の子供が、沖のほうへ流されていると。すでにブイを越えてしまっているようです」

脇坂はすぐに携帯電話を手にした。１１０番にかけて場所と状況を告げる。監視塔に目をやると、監視員が身を乗り出して無線機を使っていた。

「助けに向かおうとしている男性を、別の人が止めています。ライフセイバーには見えませんし、子供の家族かも」

そう言ったのはひろむだ。マメは不安げな顔になって、夷のシャツの裾をギュッと摑む。甲藤はサングラス越しに海を眺め「あった。黄色い浮き輪」と口にする。

「ブイから……まだそれほどの距離じゃない。俺、行きます。こう見えてキロ単位で泳げるし、体力には自信あるんで」

「だめだ、甲藤くん。救助を待ちなさい」

「けど先生、たぶんまだ五歳くらいの子ですよ。このまま流されて、もし浮き輪の空気が漏れたりしたら……」

想像しただけでもぞっとすることを言う甲藤に、夷もまた「行くべきではありません」と厳しい声を出した。

「おそらく離岸流に摑まったんです。《犬神》や《管狐》でも難しい」

離岸流とは、海岸に打ち寄せた波が沖に戻ろうとする流れのことだ。大人だろうと……いや、水泳選手だろうと流されてしまうほどの強い流れだと聞いている。水難事故では、救助しようとした人までが溺れ、命を失うことが少なくない。

「……俺が行きます」

海を見つめていた瀬田が、ぼそりと言った。え、と脇坂は瀬田を見る。洗足は「行ってはいけない」と繰り返す。

「行きます。……《河童》なんで」

「瀬田さん。あたしは確かに、きみにもう一度泳いでもらえたらと思って海に誘った。だがこんなことは想定外です。行ってはならない」

「すみません、行きます」

サンダルを蹴り、シャツを脱ぎ捨てる。痩せ衰え、緩んだ身体が顕わになった。水泳選手独特の筋肉はとうに失われている。

「芳彦」

洗足の命に夷が動くより早く、瀬田は駆け出していた。

え、嘘、あんなに早く動けるの？

そう目を瞠るほどの反射である。何年も酒浸りだったとは思えない。それがつまり妖人《河童》……さらにはもとオリンピッククラスの運動選手が持つポテンシャルなのか。夷がすかさず追い、脇坂もあたふたとそれに続いた。俊足の夷は波打ち際ぎりぎりで瀬田に追いつきかけたが、もう少しというところで瀬田が逃げ切る。

ざん、ざざん、ざあっ！

まだそんなに深さはないだろうというところで、飛沫をほとんどたてずに海中に沈んで——ぷかりと頭が出てきた時には、信じられないほど進んでいた。そして見る見る遠ざかる。水に入った《河童》に敵う者などいない。

「やれやれ、先生に叱られてしまう」

脇坂同様、服のまま膝上の深さまで来ている夷が呟いた。

「大丈夫でしょうか……」

「あのとおり、泳力は並外れています。あとは離岸流の対策を知っているかですね。ふたりとも無事戻ることを祈りますよ。でないと先生がまた……」

飛沫ですっかり濡れてしまった髪を掻き上げ、夷は言葉を切った。主をなにより優先するこの家令が言いたいことは、脇坂にもわかった。この海で瀬田になにかあったら……万一のことがあったりしたら、洗足はどれほど自分を責めることだろう。

自分が関わったことで誰かが傷つくのを、あの人は一番恐れる。けれど誰かを助けようと思うなら、まず関わることが必要なのだ。

関わっても、助けられないこともある。

時には、関わらないほうがましだったかもしれないと、そんな結果になることもあるはずだ。すべては徒労だった、無駄だった無意味だったと、膝を折りたくなる時だってあるはずだ。選んだ道は間違いだったのかと、叫びたくなる時だって——あるのではないか。

「脇坂さん？」

夷に呼ばれて「あ、はい」と振り返る。

戻って、救助隊に報告しなければならない。

顔に飛んだ海水と、額を流れる汗が混じって口の中に入る。ひどく塩辛くて、脇坂は顔をしかめた。

幸いなことに、子供と瀬田は無事に戻った。

瀬田は離岸流の性質と対策――流れは強いが、その幅は広くはないので、岸と平行に泳ぎ、流れから離脱したのち岸を目指すこと――を知っていたようだ。救助のボートが手配されるより早く、子供の浮き輪を押しながら岸まで泳ぎ切った。幼い子供は自分がどれほど深刻な状況かわかっていなかったらしく、楽しそうに「このおじちゃん、スイスイおよぐの！」と話していたという。

「いやあ、すんごい叱られました……現役時代のコーチより怖かったかも」

バーベキューの煙の中で、瀬田が脇坂に囁いた。脇坂も小声で「先生より怖い人は、なかなかいませんよ」と返し、少し笑う。

宿の庭、海に落ちゆく夕陽を眺めながらの夕食タイムである。

今回は、アットホームな民宿を貸し切っての二泊だ。海と空の境は美しいオレンジに染まっていて、みな和気藹々と肉や野菜を焼いている。

「僕も新人の頃はだいぶやられましたから」

「はあ、刑事さんもですか」

「でも、今日の先生は瀬田さんを本当に心配していたんです。だからこそ……」

「はい……わかります。こんなに叱られたのも久しぶりだけど、こんなに心配されたのはもっと久しぶりで……いや、俺の家族は……心配してんのかな……」

「ご家族に連絡していないんですか？」

脇坂は瀬田の皿に肉を載せながら聞いた。瀬田は頭を下げつつ「妹にだけ、たまに」と答える。

「今日……妹のこと、思い出しました。あいつが小一、俺が小四の時かな。夏休みに田舎の親戚んとこに遊びに行って……」

自然豊かな場所で、近くには川が流れていたそうだ。

「浅い川だったし、地元の子は安全な場所をわかってるので、一緒にいれば大丈夫でした。けど俺と妹、ある日ふたりだけで川で遊んでて……」

妹がそこで溺れかけたという。川は急に深さと流れが変わることを、幼いふたりはわかっていなかったのだ。

「妹が流されてくのを見て、俺、夢中で飛び込んで。それまでは、俺だって浅いとこでしか遊んでなかったんです。学校のプール授業でも、みんなとバチャバチャはしゃいでるだけで……バタ足くらいはしましたけど、ほかの子と変わらなかったし」

なのに、深く、流れの速い川に飛び込んだそうだ。

「妹が呼んでるのがわかるんですよ、浮いたり沈んだりしながら、かろうじてこっちに合図して……声なんかもう、出せなくなってて。あいつ、いつも俺のあとをついてまわってて。邪魔だなあと思ってたけど、でもやっぱ可愛くて……」

考える前に、身体が動いたと。

怖いとか溺れるとか思う暇もなかったと……瀬田は語った。

「わかってます。ほんとは、ダメなんですよ。誰かが溺れてても、助ける判断は慎重にしないと。まして、子供が飛び込んでいいはずがない。でも俺は飛び込んじまって、全身が水に浸かって……包まれて、空気がなくなって、音が変わって、世界が変わって……最初は怖かったんですけど……でも、わかったんです。どう泳げばいいか……っていうより、どう水に運んでもらえばいいか」

泳ぐことは、水と会話すること。

瀬田はそんなふうに語った。

「流れに乗れば進むし、流れを押せば止まったり、方向転換したりできる。川って、流れが複雑なんです。だからそれを読み取れば、自分の体力をそれほど使わないで進めるんです。もちろん、流れの向きによっては無理ですけど……その時は、辿りつけた。妹のところに。……もっとも、ふたりで岸にすがりついてから上がるまでが大変で、泣きべそかきましたけど。親にも親戚にもめちゃくちゃ怒られたし」

瀬田は懐かしそうに笑った。

その時が、自分が『泳げる』と知った最初であり、ひと夏でめきめきと泳ぎは上達し、カッパというあだ名がついたそうだ。

「なんで忘れてたんだろ……水と一緒に動く、あの感じ……ああ、ずっとプールだったからですかね……プールは流れがないから……」

「ではプールだと《河童》としての本領発揮はそれほどされないと……？」

「そうなるかなあ。あ、けど心肺機能が高いのは役に立つんで……とにかく、今日は久しぶりに水と話せた感じでした。俺ね、水に頼んだんですよ」

連れて行ってくれと。

黄色い浮き輪の子供のところに、運んでほしいと。

「水はやっぱ、すごいです」

茜に染まる海を見ながら言う。

「すごい力で、俺たちを運んで、流して……。でも、今日はたまたまうまくいっただけ。逆に命をとられることもある。水は強くて、きれいで、怖い。そんな水の中にいると、俺は、なんかこう……うまく言えないんですが……しっくり、きます。やっぱり俺って、《河童》なんだなあ……」

なにかがふっきれたような……いや、そう簡単にふっきれるはずがない。ふっきれたようなふりかもしれない。だとしても、瀬田は今までよりだいぶさっぱりした顔で海を見つめ、手にしていたウーロン茶を飲んだ。

「おっ、チビちゃん、こっちの鉄板に肉あるぜー」

軽快な口調とともに、甲藤が皿とトングを手にやってくる。一緒にきたマメは「それは脇坂さんたちのお肉ですよ」と苦笑いだ。

「いいよ、マメくん。まだたくさんお肉はあるんだから、どうぞ食べて。ほら、このへん焼けてるよ。こら甲藤、おまえは自分で焼けよ」

「おまえは公僕のくせに、なにかと俺を差別するよな？」

「おまえと焼肉に行った時、僕が大事に育ててた最後の上カルビを食べたこと、忘れてないからな」

「まだそれ言ってんのか。もう半年くらい前だろ」

「あの時僕が抗議したら『わかったわかった、次はおごるから』って言ったけど、いつおごってくれるんだ」

「うるせえなあ。地球が滅亡するまでにはおごるって！」

脇坂と甲藤のやりとりを聞きつつ、マメは瀬田に向かって「すごく仲良しなんですよー」とニコニコ言う。瀬田は「はあ」と頷いて、それから少し笑った。

もうひとつの鉄板では、ひろむが焼きそばを作っている。昼間買った焼きそばはだいぶ冷めてから食べたわけだが、今度は熱々が楽しめそうだ。さらに、鉄板の隅を活用し、夷が目玉焼きを鋭意製作中だった。パカパカと器用に卵を割り落とし、その度にジュウといい音がする。焼きそばにトッピングするのだろう。

「あたしの卵は半熟でね」

洗足のリクエストに、夷が「はい」と返す。

「黄身はトロトロすぎじゃなくて、外側はうっすら固まってて、中央部分だけがとろりとするくらいが……」

「承知してますよ、先生」

「……うるさいな、と思ったね？」

夷はひょいと眉を上げ「まさか」と返す。

「嘘だ。今、眉が上がったはずだよ。ひろむさん、見てたかい？　うちの家令は嘘をつく時、眉が上がるんですよ」

「すみません先生、私、焼きそばに集中してて見てませんでした」

「……なら仕方ない……とにかく目玉焼きは絶妙な半熟で」

ぶつぶつ言っている洗足を見て、夷が珍しくはっきりと笑う。声は決してたてないままで破顔しているのだ。主のわがままが嬉しくてたまらない、という顔だった。夷にとって一番辛かったのは、行方の知れない主を待っていた日々であり、次に辛かったのは——視力を失って戻った洗足が、なるべく夷とマメに負担をかけないよう、気を遣って暮らしていた頃なのかもしれない。まるで美しい置物のように、じっとしているばかりの日々もあったと聞いている。

脇坂も、一度見たことがある。

あれはいつ頃だったろう。洗足が戻ってまだ一年経たない頃の……ああ、そうだ、冬だった。雪がちらちら降っていたから二月あたりか。

洗足はひとりで庭に立っていた。

よく育った花海棠（はなかいどう）の前で、じっとしていた。四月の終わりには美しい花を咲かせる樹だが、もちろんその時は裸木だ。花芽は出ていただろうが、洗足がそれを見られるはずもない。ただ顔を軽く上げ、海棠に向けているだけだった。

動かない。瞬きもない。

長着の上、肩に羽織っただけの綿入れ半纏（はんてん）……寒いだろうに懐手にすることもなく、両手はだらりと下げられていた。

半纏の肩にうっすら雪が積もっていた。

音もなく洗足に降り積もっていたのは、雪だけではなかった。しんしんと訪れる、圧倒的な孤独――いったいいつからそこに立っているのか、そこでなにを考えているのか、誰のことを思い出しているのか。

それは、もう会えない人なのか。

あの頃に比べたら、洗足の口数はずいぶん増えた。ちょっとした頼み事をためらうこともなくなったようだし、時にはいささかのわがままも言う。

もっとも、洗足のことだから、わがままを言われたい夷やマメのことを慮っている部分もあるはずだ。残念ながら、脇坂はまださしてわがままを言ってもらえない。いや、それ以前の問題だろう。脇坂があまり洗足家を訪れていないのだから。

「脇坂くん」

呼ばれて「はいっ」と洗足のそばに行く。

「食べてるのかい」

「食べてます！　あ、でも甲藤に肉を取られましたけど」

「なら焼きそばを食べなさい。じきにできる」

「はい。いいにおいです」

洗足の手が、すぐ近くのテーブルの上を少し彷徨う。

飲みかけのドリンク缶を探しているのだ。細い指先はすぐにそれを見つけ、手に取る。それはノンアルコール飲料で、脇坂が手にしている缶も同様である。今日、この場に酒はない。

「脇坂くん」

また呼ばれる。この人に名前を呼ばれるのはいいな、と改めて脇坂は思う。

「はい」

「日はもう暮れたかい？」

「はい、もうだいぶ。海と空の境目だけが少し明るくて、綺麗な茜色です」

「そう」

「今夜は雲が出ないそうなので、暗くなったら星が綺麗に見え――」

見えない。

この人にはもう瞬く星も、白く照らされる月も見えないのだ。

脇坂は言葉に詰まってしまった。すみませんと謝るのもむしろ失礼に思え、なにを言えばいいのかわからずに固まる。すると、焼きそばの仕上げに青のりをかけていたひろむが「そうね。きっと星がきれい」といつもと変わらない口調で補ってくれる。

「そうだろうね」

洗足もまた、ふだんとなんら変わらない口調で言った。

が、そのあとすぐ心配げな声になり、「あたしの目玉焼き、固くなりすぎてないかい？」と聞いたのだった。

三

久しぶりに、だいぶ食べた。

このところ小食だったので、胃が悲鳴を上げている。すべて美味しかったので後悔はないが、食後は畳に転がって呻いている脇坂である。肉だけでも満腹だったのに、ひろむの焼きそばがこれまた絶品で、ダメ押しになった。

「こんなこともあろうかと……」

そう言いながらひろむが出してくれた胃腸薬の、なんとありがたかったことか。脇坂の胃がだいぶ落ち着いた頃、ひろむが先に風呂に行った。小規模な民宿なので風呂は一箇所だけで、交代で使う。

ひろむのあと、脇坂も風呂で海の塩を落とし、サッパリする。

「むっちゃん？」

部屋に戻ると、タブレットでメールチェックをしていたはずのひろむが返事をしない。脇坂が覗き込んでみると、身体を傾けたまま眠っている。

顔には美白効果のシートパックを貼り付けたままだ。早朝から移動し、遊び、焼きそばをたくさん作り……疲れたのだろう。布団はもう敷いてあったので、脇坂はひろむを寝かせ、パックもそっと外してやった。しばし考え、妻の顔にペタペタと乳液も塗っておいてやる。基礎化粧品はふたりで同じものを使っているので、こんな時は便利だ。ひろむは途中で半分目を開けたが、ふにゃふにゃとなにか言って、また眠りに落ちてしまう。

可愛いなあと、しばらくひろむを眺めていた脇坂だが、やがて自分も今日はだいぶ紫外線を浴びたのだと思い出す。パックをしなければ、と旅行鞄に手を伸ばしたところで携帯が鳴った。井鳥からだ。

「うん、お疲れ。ちょっと待って」

ひろむを起こさないようにすぐに出て、民宿の玄関を出てから話し始める。緊急の事件かと気構えたが、そうではなかった。急ぎの書類を作るための質問で、井鳥は何度も「お休みなのにすみません」「こんな時間にすみません」と繰り返し恐縮している。確かに脇坂は休暇中であり、時間は夜の十時すぎだが……ふだんならば仕事をしている時間帯なのだ。気にしないようにと言い、書類について必要事項を教えて電話を終える。

なんだか目が冴えてしまった。

溜息のような呼吸をすると、潮の香りが肺を満たす。波のざわめきが聞こえ、夜空を見上げれば半月が綺麗だ。月から少し離れると、星々も煌めいている。夏なのでそこまでクリアではないにしろ、東京よりは遙かに多い。

海辺を少し歩こうと思った。

浜のほうを見ると、思ったより暗くない。月明かりもあるし、近隣の建物の灯りがある程度届いている。これならば危険はないだろう。

部屋着とサンダルという格好のまま、脇坂は目の前の道路を渡る。

護岸壁の階段を下りていけば、すぐに浜だ。コンクリートの階段は急なので、ここだけは注意深く歩いた。マグライトがあればもっとよかったかもしれない。

階段が終わり、サンダルがギュッと砂を踏む。

ざん、ざざん。

脇坂はひとり、浜を歩き出した。夜の海はなんだか不思議だ。波の音がこんなにしているのに、それでもやっぱり静かだと思ってしまう。そしてふと気がつく。人が静けさを感知するには、比較対象となる音が必要なのだ。仮に本当に無音になったら、それは『静か』とは感じず……なにになるのだろう？

波打ち際で立ち止まる。

半月を見る。真半分——これは上弦だったか、下弦だったか。

波頭はその光を受けて白く光っている。

この美しい海で生物は生まれたらしい。そしてこの海は時に、大勢の命を奪いもする。物事にはなんでも二面性があり……いや、二面どころではない。すべてのことは複雑で、絡み合っていて、紐解けないまま最悪な結果を迎えることもある。

この数年、脇坂はそんな事件を見てきた。

時に人は信じがたいほど、残酷になれることを見てきた。青目や《鵺》ほどの怜悧さはなくとも、残忍性で引けを取らない連中はいた。これからも遭遇するだろう。今は正義感と意気込みできらきらしている井鳥の瞳も、ずっとそのままでいるのは難しいかもしれない。残念だがそれが現実であり……。

ああ、ならば自分の瞳はどうなったのか。

もうずいぶん、曇って、疲れて、輝きを失ったのか。

ざん、ざざん。

波の音に呼ばれた気がした。見ると、少し離れたところに人影がある。

脇坂と同じように波打ち際に立っている。

白い絣(かすり)の浴衣が淡く光るような人は——洗足だ。

海に向いている。海を感じ取っている。視覚以外のすべてを使って、脇坂よりもよほど確(しか)と海に対している。

ゆらりと、白い影が動いた。

一歩進む。

洗足の足が波に洗われる。ざん、ざざん。

目をこらすと、裸足なのがわかった。砂浜の途中に草履が転がっている。脱ぎ捨ててしまったらしい。その近くには白杖もあった。脇坂は頭を巡らせ、夷かマメの姿を探した。いない。ふたりともいない。

ならば洗足は、ひとりでここまでやってきたのか。

慣れない海辺でひとりは危険だ。声を掛けて一緒に戻ったほうがいい。そうわかっているのに、なぜか足が動かない。湿った砂にめり込んだかのように重たい。少し声を張れば届く距離なのに、呼びかける言葉が浮かばない。

海に睨まれている。

ふいにそんな気がした。

邪魔をするな。今はふたりで話しているのだ。言葉ではない方法で語らっているのだ。だから邪魔をするな。おまえなどお呼びではない。必要ない。

そんなふうに、海に拒絶されているような……いや、海ではなく……まさか、あの男なのか？　声を波音に変えて、存在を潮風に変えて、いまここにいる？

――伊織は、こっち側の人間なんだよ。

そんな囁きが聞こえた。もちろん幻聴に決まってる。

——おまえになにができる？　他人で、妖人ですらないおまえに伊織を救えるとでも？　役に立てるとでも？　闇の中で導けるとでも？　笑わせるな。

聞くな。この幻聴は、脇坂自身が作り上げているものだ。自己否定と自己嫌悪が勝手に暴走しているだけだ。だから聞くな。

——おまえなど誰も救えないじゃないか。

聞くな。乗っ取られるな。

笑ってやり過ごせ。前向きなのだけが、取り得だろうが。

——刑事になって何年だ？　いくつの事件を解決できた？　何人の被害者を救えた？　何人を救えなかった？

ああ、だけど……この声は耳にではなく、頭に直接響いてる。

——何人の遺体を見た？　そしてそれに縋って泣く遺族を？　おまえが未熟なせいで救えなかった人間の数を、ちゃんと覚えているのか？

覚えてない。数えていない。途中からカウントするのをやめた。どんどん増えていくばかりで、怖くなってやめた。気にしすぎてはいけないとわかっていた。事件は次々に起きる。前の事件を引き摺っていたってきりがない。割り切ることが必要だったし、そうしてきたつもりだし、そうするしかなかった。

なのに、残像は突然蘇る。

現場の写真。遺体の写真。あるいは、この目で確認した、まだ体温の残る――。

「……っ」

突然こみあげてきた吐き気に、脇坂は逆らえなかった。

波打ち際で嘔吐する。こんなふうに吐くのは初めてではない。今年に入って何度かあった。おそらく精神的なものだろう。誰にも言っていないし、自宅で吐いたことはまだないので、ひろむも気づいていない……はずだ。いや、でも彼女はとても鋭いから……どうだろう……。

心配をかけたくない。なのにうまくいかない。

ざん、ざざん。

ざん、ざざん。

波が脇坂を嗤っている。弱すぎると嗤っている。

まったくだ。自分でも呆れる。新人刑事ならともかく、後輩を指導する立場になってもこの有り様……いや、以前のほうがまだましだったのではないか。

ざん、ざざん。

吐瀉物は波がなかったことにしてくれる。

海水で口元を洗う。塩辛い。

着ていたTシャツの裾で口元を拭った。脱力し、そのまま砂地にへたりこむ。洗足がこちらを向いているのがわかった。嘔吐する音が聞こえるような距離ではないが、なにか気配を感じたのだろう。脇坂はそのままじっとしていた。もう声をかけようという気持ちなどなくなっていた。そんな資格はないように思えた。

洗足が再び海を向く。脇坂には気づかなかったようだ。

今度は顔を少し上げる。月明かりが白い顔に届き、風が髪を乱している。まるで誰かが語りかけているように。

無表情だった洗足が、ふいに小さく笑った。

凪に応えたように微笑んだのだ。

引き波になる。洗足は少しよろける。転ぶのではないかと脇坂はひやりとする。けれどよろけたことすら楽しいかのように、洗足はまた微笑んだ。すぐに体勢を立て直したが、また一歩海に近くなって……足首がすっかり浸かってる。

危ない。

そんなところにいたら、危ない。

危ないのに洗足は進む。一歩、二歩。浴衣の裾が波に洗われて乱れる。臑(すね)が白く浮かび上がる。

月に照らされた姿は、まるでこの世の者ではないかのようだった。

美しいけれど恐ろしい。あの人がどこかに行ってしまいそうで恐ろしい。本当はあの人も行ってしまいたいのではないかと――そんなことを考える自分が恐ろしい。

取り縋るべきなのに。

行かないでくださいと喚くべきなのに。

ざん、ざざん。

波の音が脇坂を封じている。

青目が、脇坂の中の青目が、自由にさせてくれないのだ。

――本当に？

……いいや、違う。

これは青目などではない。脇坂自身が育てた負の塊が、青目の形を取っているだけだ。そうやって、自分で仕方ないと思い込もうとしている。逃げている。脇坂は自分に負けているのだ。

立たなければ。

洗足のもとに行かなければ。

夏だというのに冷たくなっているだろう手を取り、一緒に宿に戻らなければ。

いまだへたりこんだままの脇坂は砂に手をついた。力を入れて腰を持ちあげようとした時、誰かが肩に触れてびくりとする。

気配も足音もないまま、後ろに夷が立っていた。驚いた脇坂が顔を見上げると、とても静かなのに、決して波に掻き消されることはない声で「お任せを」と告げる。

再び洗足を見た時には、そのすぐ後ろにマメがいた。

マメはぱしゃぱしゃと海の中に入り、洗足の隣に立つ。気がついた洗足がマメに顔を向ける。

マメが洗足の右手を握る。

夷も脇坂から離れ、洗足のもとへ向かった。マメとは反対側に立ち、洗足の左手を取る。洗足の両手が塞がった。

三人、並んで海と夜空に顔を向けている。

誰かが喋っている様子はない。みな黙ったまま、波に足を洗われ、月と星の光を浴びている。

ざん、ざざん。

波の音が優しくなったのは、もちろん脇坂の気のせいだろう。

だが風が凪いだのは気のせいではない。乱されていた脇坂の髪も、ふわりと落ち着き、おとなしくなる。そしてマメの声が、脇坂のところまで届く。

「先生。帰りましょう」

一拍おいて、洗足が頷くのがわかった。

ゆっくりと三人が海に背を向けて歩き始める。途中でマメが白杖と草履を拾ったのを見届け、脇坂は脱力した。もう大丈夫だ。海はあの人を連れていくことはできない。少なくとも今夜は失敗した。ふたりが迎えに来たからだ。血ではない絆で結ばれた者たちとともに、洗足は帰る。宿に、家に、帰る。

そして日常を続けるのだ。

脇坂は遠ざかる三人をぼんやりと眺め続けた。途中で夷が振り返ったので、軽く手を振っておく。僕は大丈夫、と伝えたつもりだった。その手を下ろしたとき、携帯電話が振動してメッセージを知らせる。コツメカワウソのキャラクターが、きょろきょろと動く、可愛いスタンプ。

ひろむが目を覚まし、脇坂を捜しているのだ。

今度こそ、脚に力をこめて立ち上がった。

翌日、まだ明けきらぬ早い朝。

脇坂は洗足に叩き起こされた。

正しくは、洗足に命じられた夷が起こしに来た。ひろむの安眠を妨げないよう、夷は脇坂をひょいと担ぎ上げ、そのまま部屋の外に運搬してしまう。《管狐》にかかれば、脇坂など軽いものらしい。それにしても、寝起きに担がれるというのは、なかなかびっくりする体験だ。

「えっ、夷さ……？　な……」

廊下で下ろされ、ヨタヨタしつつ戸惑う。夷が「おはようございます」と静かに言った。こんな朝早くとも、髪の分け目がピシッとしている。

「先生がお呼びです」

「先生が？」

「散歩のお供をご所望でして」

「さ、散歩……？　あの、今何時……」

「五時十七分ですね。三分差し上げます。支度を」

言葉とともに、白いタオルをポンと渡され、背中をズンと押されて洗面室に押し込まれる。脇坂は急いで顔を洗ったが、後ろで秒読みをされる忙しなさに洗顔フォームと歯磨き粉を間違えそうになった。あまりにも跳ねていた髪には水をつけてみたが、無駄な努力に終わる。トイレをすませたら、三分をオーバーしてしまった。

着替えもできないまま、民宿の玄関先に出される。

パジャマ代わりのTシャツにハーフパンツだった脇坂に、夷がパーカーを貸してくれた。外では洗足がすでに待っていて「遅いよ」と文句を言われてしまう。

「す……すみません……お待たせしました……」

約束していたわけではないし、よく考えれば謝る必要はないのだが、つい謝ってしまう脇坂だ。ごそごそとパーカーを羽織っている脇坂に、「では、先生をよろしく」と夷は一礼し、中に戻っていった。

「海沿いを散歩しますよ」

「はい。あの、先生……杖は」

「砂に取られてかえって危なくてね。きみがいるなら大丈夫だろう」

きみがいるなら、という言葉が嬉しかった。

多少残っていた眠さも吹き飛んで「行きましょう」とそっと洗足の手を取り、自分の腕に摑まってもらう。

脇坂は慎重に歩いた。車道を渡り、護岸壁の階段を下りるまではことさら気をつけた。砂浜に出ると、洗足に「そんなに緊張されると、あたしが歩きにくいよ」と言われてしまう。張り詰め具合が伝わっていたようだ。

「普通より、少しゆっくりくらいでいいから」

「あ、はい。すみません」

「謝らなくていい」

「はい。すみ……わかりました」

また謝りそうになった脇坂を、洗足が少し笑う。吐息が漏れた程度の笑みだが、そのおかげで脇坂の強ばりも解れてくる。考えてみると、洗足が視力を失って以来、ふたりだけになるのは久しぶり——いや、この人が帰ってきた直後、あの茶室以来かもしれなかった。まして、ふたりで屋外を歩くのは初めてだ。

ざん、ざざん。

早朝の穏やかな光の中で、今日も波音が繰り返される。

脇坂は波打ち際の近く、けれどふたりの履物が濡れることはない場所を選んで歩いた。今朝の洗足は昨日とは違う、浅葱(あさぎ)色の綿着物を着ている。

「最近、きみはあまり顔を見せないね」

歩きながらさらりと言われた。

決して責める口調ではなかったのに、脇坂はぎくりとしてしまう。

「瀬田さんを連れてきた時も、ずいぶんご無沙汰だった。ひろむさんはよく顔を出してくれるのに」

「……はい、その……新しい相棒がきまして……その指導やらなにやら……」

「お忙しい、というわけかい」

「ええ、まあ……」

「昇進もしたらしいね？　ひろむさんに聞いたよ。やれやれ……あの巨大な縦社会の中でお偉くなっていくんですねえ、きみも」

「いえ、お偉くなったりは、全然。ですが……」

偉かろうと、偉くなかろうと、仕事は増えていく。

後輩は増えて、責任は重くなり、上には文句も言われる。だから多少は虚勢も張らなければやっていけない。……などという情けない愚痴を、洗足に零すのはいやだった。だからそのまま言葉が途切れてしまう。洗足も続きを促しはせず、そのままふたりで黙って歩く。

ざん、ざざん。

波の音を聞きながら、行く。

どれくらい、歩いただろうか。

「期待が、重すぎます」

自分の口を衝いて出た言葉に、脇坂はびっくりした。こんなこと、言うつもりではなかったのだ。文字通り、勝手に飛び出してきた。

「誤解されているというか、能力以上に評価されてるんです」

そして一度出ると、止められなくなった。

「《鵺》を撃ったのは――手柄とは言えません。本当は、生きたまま確保すべきでした。過去の事件、すべての真相を知るためにはそうするべきでした。かといって、あの時の選択を後悔しているわけではないんです。ただ、もし僕がもっと優れた刑事で、早い段階で《鵺》の存在を……」

意味の無いことを言っている。過去には戻れない。悔やむより、それを教訓にしろ。頭ではそうわかっているけれど、簡単ではないのだ。

洗足は返事をしない。

ただ、歩くのがさらにゆっくりになる。

「なのに、ヒーローみたいに言われる。レジェンドなんて言われたりする。誰かにその話をされるたびに、正直気分が悪くなります。しかも妖人絡みの事件が発生するたび、上は僕に期待して、その期待に応えられないと落胆される。なんなら陰口を言われる。だけど一番腹が立つのは」

ざん、ざざん。

「僕も……僕に期待してるってことです。なのに結果が出せない。僕がもっと頑張れば、よく考えれば、行動が早ければ救われるはずだった人たちが……」

傷ついてしまう。

害されてしまう。

時には死んでしまう。

「自分が……あまりに役立たずで……絶望の中で。

ざん、ざざん。……呆然と、します……」

洗足はゆっくり歩く。脇坂が話しやすいように、ゆっくり。

そしてやがて立ち止まった。だから脇坂も止まる。洗足は脇坂の腕にしっかりと摑まっている。細い指の力が、存外に強い。

「いい風だね」

海に顔を向けたまま、洗足は言った。脇坂は小声で「はい」と応える。

自分の愚痴など聞き流されるとわかっていたし、それでいい。ずっと押しこめていたというのに、どうして今日に限って……本当にいやになる。

「波も穏やかだ。……そうだろう？」

「はい。穏やかです」

「脇坂くん。波はなにによって発生する？」

突然の理科クイズがきた。だがこれくらいならば脇坂も知っていた。

「風、ですね」

「そう。では風のない時……つまり凪の時、波はなくなるかい？」

「……いえ……なくならないです……海に波がまったくないってことは、ない……。あれ、でも、となると、風はないのに波がある状況に……」

どうしてだろうと考えていると「まったく、ものを知らないねきみは」と、よく耳に馴染んだ口調が風まじりに聞こえる。懐かしいと思えるほどだ。

洗足が、脇坂から手を離す。

ゆっくりとその場で屈んで、少し手を先に出した。波に触れたいらしい。脇坂が「先生、あと二十センチほどです」と教えると、さらに腕を伸ばす。

ざざん、ざざん。

砕けた白い波頭が、洗足の指先を濡らす。すぐ横をヤドカリが横歩きしていて、洗足の手を避けるコースを取った。けれど洗足がそれを見ることはない。

「海はね、とても広いんだよ」

波音の中で語る。

「無風でも波があるのは、海のどこかでは必ず風が吹いているからだ。遠いどこかで発生した波が、遙かに伝わってきているからだ」

遠いどこか。

脇坂が知るよしもない、この広い海のどこか。

「今きみの目の前で砕けている白い波も同じ。その波が生まれた瞬間を、その波の原因となった風を、きみは知ることができない。その風を止めることもできない。できないことを嘆く必要はないし、できると思うならそれは傲慢なんですよ」

……それでも諦められなかったら？

砕ける波の叫びを耳にして、その痛みを眼前にして、なんとかしたいと思ってしまって、けれどどうにもならなくて……なのにまた、諦めきれなかったら？

「とはいえ、傲慢なのは人の常だ」

立ち上がりながら、洗足が言った。濡れた指先が脇坂を探し、脇坂が洗足に寄り添うと、パーカーの背中で拭かれてしまう。

「どうしようもないのに、諦めきれない……人の世はそんなことの繰り返しなんでしょう。あたしもだいぶ藻掻いたが、どうにもならなかった。かといって、藻掻くことを無理にやめたら、それはそれでしんどい。難儀ですねえ」

手に残った砂粒を軽くはたき、パンパンと軽やかな音をさせる。そして顔を、海ではなく空へと上向けた。

「……太陽は、こっちかい？」

「あ、はい。もうだいぶ明るいです」

「だろうね。……顔が温かい………脇坂くん」

「はい」

洗足は上向けていた顔を、今度は脇坂に向ける。

「きみはそんなに、仕事が好きかい」

予想していなかった質問に「好き、というか……」と、脇坂は言葉に迷う。

「いえ、もちろん、自分で選んだ仕事で……憧れていた仕事でもあって……ただ、責任の重さは想像以上でしたし、忙しさも想像以上で……好きとかきらいとか、考えている暇もないというか……」

「やれやれ。いいかい、人は生きるために仕事をするけれど、仕事をするために生きてるわけじゃないんだよ。まあ、あえて後者の生き方を取る人もいなくはない。仕事を愛して止まないきみが、個人的生活のすべてを投げ打ち、身も心も警視庁に捧げる人生を渇望しているんなら、あたしなんぞが口を挟むところじゃないがね」

「い、いやですよ、そんな人生……！」

脇坂は慌てて否定した。

「そりゃ、僕の仕事はちょっと特殊ですし、仕事に振り回されるようなところはありますけど……。でも人生まで支配されたくないです。むっちゃんとだって、本当はもっと一緒にすごしたいんです」

「ならそうしなさいよ。したいと思っていることを、なぜしないんだい」

「でも……」

「いまは愛と優しさで理解を示してくれる妻も、この先はわかりませんよ」

「そ……」

「ひろむさんはね、きみがあまりに忙しいので、自分も空き時間ができないよう、積極的に依頼を引き受けているそうです」

「そんな、聞いたことな……」

「一緒にいたくて結婚したのに、あんまり一緒にいられないと……おっと、言わないでほしいと言われていたのに、うっかりしてしまった。あとで謝らなくては」

「……せ、先生……どうしましょう……」

「あたしに聞くまでもないだろうに。答はわかりきっている」

そう。時間を作ればいいのだ。ワークライフバランスである。仕事を適正に調整すればいい。そしてそれは恐ろしく難しい。

「でも……僕は、いま本当に忙しく……」

「ああ、もう、やめておくれ。そんな聞き苦しい言い訳は」

大きくついた溜息が、潮風に乗って夏空に上がっていく。

「いいかい。『忙しい』というのはね、相手を黙らせる強い言葉なんです。とても便利な拒絶とも言える。忙しいと言われたほうは、なにも言い返せないんだから」

洗足の指摘に口を噤むしかない。脇坂自身今まで何百回も相手から「忙しい」と言われ、苦々しく黙った経験があるからだ。

「その言葉を使うなという話じゃありませんよ。程度問題なんです。使いすぎるのはよくない。言葉の繰り返しは、すなわち呪いです。恐ろしいのは、その呪文に自分が囚われること。『忙しい』がきみの脳にしみついて、ほかの思考を追い出してしまう。仕事だから仕方ない、仕事だから優先させよう、仕事仕事仕事……。きみの仕事が心身ともに過酷なものであることくらい、あたしにもわかってます。だからこそ集中が過ぎれば、どうしてもほかが疎かになる。慢性的なストレスで食が細くなり、体重は減り、よく眠れなくなり……思考能力も低下していく。それでも仕事の場では考えないわけにはいかない。ならば削られるのは仕事以外の思考です。自分の『忙しい』を解決するための、理性的な判断など期待できるはずもなく、ただ時間だけがすぎて、そのほとんどを仕事に奪われ――ほら、負のループのできあがりだ」

脇坂は呆然と立ちすくんでいた。

自分と洗足のあいだで『忙』という小さな文字が、まるで羽虫のようにぶよぶよと集まり、不気味に飛び回り、大きな輪になっていく……そんなイメージに取り憑かれる。いやだ。あの輪にはめられて、締めつけられ、自由を奪われるのは嫌だ。

「……というようなあたしのお小言を聞きに、もっと来たらどうなんです」

「え」

「毎月とは言わないがね。季節ごとに顔を見せるくらい」

そうか、話が戻ったのかと気がつく。綺麗にくるりと——最初の「最近、きみはあまり顔を見せないね」に繋がったのだ。

「まあ、あたしはこの通りの有り様で、もう警視庁さんのお役には立てないわけだから、足が遠のくのも無理はないんでしょうが」

「先生、そんな、違います。違うんです……妖琦庵に……先生に会いに行けば、僕は……」

きっと愚痴ってしまう。

さっきのように弱音を吐いてしまう。

同僚にも、ひろむにも、鱗田にすら言えない、心の奥底にある負の感情を見せてしまう。やっとわかった。脇坂はそれが怖いのだ。だから無意識に、自分から妖琦庵を遠ざけていた。

光を失ったこの人に、さらに自分の闇をぶつけたくない。

この恩人に、尊敬してやまない人に、そんなことはしたくない。

「きみがぐるぐる思い悩んでることは察しがつきますがね。あまり深く考えず、お茶を飲みに来ればいい」

なのに洗足は素っ気ない声で、優しいことを言うのだ。

「…………」

「ひろむさんと一緒でもいいし、ひとりで来てもいい。あたしには会わず、マメとだけ喋ったっていい。気が向けば食事をしていけばいい。忙しい人ほど、自分をフラットな状態に戻す場所が必要なんです。妖琦庵は、結構向いていると思うがね」

「…………」

「もっとも、以前より妖人の来客が増えてますからね。あたしだって暇じゃないんです。それでも、いささか物足りなくて困る……残念ながら、きみほど説教のしがいがある者は滅多にいない」

「…………」

「甲藤くんも悪くないが、リアクションがいまひとつだ。……ちょっと、聞いてるのかい。こっちは見えないんだから返事ぐらいしなさいよ」

「……、……っ」

聞いています。ちゃんと全部聞こえています。

返事ができないのは泣きそうだからです。……という説明は不要だ。変に上擦った呼吸を聞かれてしまったことだろう。

「馬鹿だねえ」

洗足が呟いて、脇坂に手を伸ばしてくる。

その指先が顔に触れてきたので、泣いているのを確認されるのかと、脇坂は喉に力を入れた。かろうじてまだ涙は零れていない。だが洗足の指は、そのまま脇坂の額に触れる。

前髪の奥に残っている瘢痕に、そっと触れた。

あの夜の傷だ。燃える沢村家から洗足を助け出した時の傷だ。

「馬鹿なんだよ、きみは」

もう一度洗足が言う。ふたつの義眼に見つめられて、脇坂は言葉を紡げないままじっとしていた。馬鹿だと言われたのに、たまらなく心が震える。

すっ、と洗足の手が下りた。

そして改めて脇坂の腕を、グイとやや乱暴に摑むと、「帰りますよ。お腹が減った」とぶっきらぼうに言う。

「……はい……」

ふたりで、歩き出した。

サンダルの裏で砂を踏みしめる。一歩ずつ、進む。

「朝ごはんには、ご主人お手製の干物が出るらしい」

「……楽しみです」

「昨夜はせっかくのバーベキューを海に撒いてしまったんだから、きみもしっかり食べなさい」

「……ご存じでしたか……」

「まともに食べてまともに眠って、心身と生活に支障をきたさない仕事のやり方を探しなさい。ひろむさんを悲しませるんじゃないよ」

「はい……」

お小言をもらいながら、来た道を戻っていく。そろそろ六時くらいだろうか。太陽の力がどんどん増してきて、今日も暑くなりそうだった。

ばしゃん、と遠くでなにか跳ねるような音がした。

脇坂は海を見る。

洗足も同じように顔を音のほうに向けた。そして脇坂がそうと認識するより先に
「瀬田くんかい？」と聞く。

「たぶん……ちょっと遠いんですが……あの泳ぎっぷりはそうだと思います。うわ、バタフライってあんなに速くてきれいなんだ……」

水を得た魚、海を得た河童。

のびのびと、自由に、無垢な子が遊ぶように、けれど完成されたフォームで――瀬田が泳いでいる。

「あの、先生は、瀬田さんが海に入ることで、いい方向に変われるとご存じだったんですか？」

昨日から気になっていたことを尋ねると、「いいや」と洗足は答えた。

「ただ、彼は泳ぎたいんじゃないかと思ってね。プールではなく、広い海で」

「それは……《河童》には海水が必要だとか……？」

「そう。見えない頭の皿を海水に浸ける必要がある——わけないでしょうが。ああ、もう、まったくきみは、海のごとく山のごとく、スケールの大きな馬鹿なんだねえ。妖人だから、というバイアスに囚われすぎなんだよ。広々した夏の海で泳げば、たいていの人は気持ちいいでしょうが」

「はあ。確かに……」

「ストレス過多の時には、気分転換が必要なんです」

「……はい……万人、そうですよね……。瀬田さん、ほんと気持ちよさそうです。すごく生き生きと泳いでます」

「《河童》の泳力は、水と対話できる喜びからきていると……おっかさんが言ってました。ずいぶん昔のことだけれど。だからあたしはね、瀬田さんに思い出してほしかったんですよ」

泳ぐのが、大好きだということを——洗足はそう言って瞼を閉じた。

ざん、ざざん。

波の音を聞いているのかもしれない。

ざん、ざざん。

この繰り返しがいつ始まったのか、そしていつ終わるのか――脇坂も洗足も、知ることはない。そんな長い時間を思えば人の喜びも苦しみもきっと一瞬だ。

けれどその一瞬の、なんと重たいことだろう。

「……瀬田さん、断酒会に行ってくれるでしょうか」

脇坂の声は独り言のように小さくなってしまったが、洗足はきちんと聞き取り「おそらく」と答えて瞼を開ける。

「妖人を歓迎してくれる断酒会があってね。そこを紹介する手はずを、芳彦が整えているところだよ。酒を断つのは簡単ではないでしょうが……昨日も彼は一滴も飲まなかった。やめたいという意志ははっきりしているようだ」

「僕もそう思います」

「仕事のほうも『結』を通して探すことになるでしょう」

「はい。ありがとうございます」

「べつにきみのためじゃないよ」

「それでもありがとうございます」

「じゃあ今度、流行りの菓子でも買ってきなさいよ。マメが喜ぶから」

「はい、必ず」

明るい声で、脇坂は答えた。

必ず、行こう。

ひろむと。鱗田と。たまには甲藤と。そしてひとりでも。

脇坂には妖琦庵が必要だ。洗足の言葉が必要だ。今更ながら、骨身に染みて実感する。それはつまり、脇坂の弱さだろう。けれどこの人の言葉で己の弱さを、愚かさを、足りないものを知り得るのなら――まだ前に進める。

歩き出せる。洗足が導いてくれる。

なにも見えないこの人には見えている。

光を失ったけれど、光の射す方向を知っている。

脇坂はその光の中にいたい。時に残酷な闇に引きずり込まれようと、藻掻きながら、光の中に帰ってきたい。そして洗足にも、その光の中にいてほしいと心から願う。光を指し示すだけではなく、温かく光るその場所に身を置いてほしい。

マメの、夷の、家族のいる場所に。

妖人たちが洗足を慕い、訪れる妖琦庵に。

「せんせーい」

マメの声が遠くから届く。

迎えにきたのだろう。ぐんと背を伸ばし、大きく手を振っていた。後ろにはひろむの姿もある。今朝はお気に入りの瑠璃(るり)色のチュニックを着ていた。

洗足がそちらへ顔を向ける。

ちょうど太陽の方向だったが、この人に眩しさは関係ない。

だから痛いほどの光の中で、こんなにも優しく微笑(わら)うのだ。

閑話種々

初回特典ペーパー掲載コミック集

おしるこ論争　「人魚を喰らう者」より

あたしは何もお前がこしあんに
かかる手間暇を
面倒がって頑なに
それを突っぱねて
いるだなんて
邪推も甚だしい
そんな気は毛頭ありませんよ
ただね
しることいったらこしあん
つぶあんでこしらえたら それはぜんざいです
もちろん先生が私の
お台所にかかる情熱を
お疑いとは つゆほどにも
思いません そして私も
しることいえばこしあん
それに異議を
唱えるつもりも
ございません
しかし事は
鏡開きです
1月は11日の鏡開き（旧暦）には
つぶあんでこしらえた素朴な
しるこが一番ふさわしいとは
思われませんか
理論に感情論で
返すのは反則ですよ
芳彦
あたしはものの名前の
話をしているんです
ぜんざいがつぶあん
しるこはこしあんです
いいですか

やさしく炊き上げた
なめらかで温かな
こしあんのお池に
焼きたての角餅を
かるくお箸で押し潰しつつ
ゆっくりとくぐらせ
そのぱりっとはじける
音がまた…
そこですよ
先生
先生のおっしゃる
しるこ＝こしあん
理論は西のものなのに
お餅は角だなんて
東西折衷も
いいところです
ぱくん
西も東も
仲良くしたら
いいんですよ
それが
文化交流って
もんですよ
ただの先生の
好みの問題じゃ
ないですか
なんか
デジャヴ
ですね
毎年
こうなんです
脇坂さんはおしるこ
どっち派です？
うーん
なじみがあるのは
つぶあんだけど
京都で食べた
こしあんのおしるこも
すっごく美味しかったし
…あ　あと

そんなもの
小豆に対しての
冒涜です

そうです
せっかくマメのといだ
つやつやに美しい小豆を
コーヒーに沈めるだなんて

第一その発想の起点が
分かりません
コーヒーならコーヒーで
ミルクだのウインナだのぶちこんで
飲みゃあいいじゃないですか
なにをわざわざ
異種格闘技よろしく和と洋と
みそもくそもごったまぜにして
鵺だかキメラだかみたいなものを
こしらえるんです

さ
さっき
文化交流て

おだまん
なさい

ものには
節度ってもんが
あるんです
それを
君は…
コーヒーぜんざいって
なんですか？
やめなさいマメ
見ざる言わざる
聞かざるですよ
好奇心
猫をも殺すと
いいますからね
にゃあさんに
不幸が…
エラく言われようだな
ぼ
僕が
食べたのはねえ…
おわんの中に
甘くないコーヒーと
つぶあんが入ってて…
その上に
アイスクリームが
のってましたねえ
おいしかった
へえー
餅
入ってねえし

本末転倒です
君の話をしまいまで
聞いたあたしが
馬鹿でした
モ　モチを入れる
お店もきっと
ありますよう
さあさあさっさと
書を捨て町へ出て
コーヒーでもコーラでも
あんことまぜて上がんなさい
コーラは
いやですう
コーヒー
ぜんざい
おいしそうかもって
僕思いますよ

力うどん
お待ちぃ
ゴト
今日は力そばを
頼んだんだが
なあ——…
ん
どした
いやあ——…
もうしばらく
モチは
いいかなって…
・コーヒーぜんざい
（モチ入り）
・つぶあんしるこ
（丸モチ）
・こしあんしるこ
（角モチ）
ぐえぷ

END

目玉焼きにはしょうゆ！
いえ塩コショウです
ネコも食わない

お見舞いづくし 「魔女の鳥籠」より

ちょっと良くなったと思って
床を上げたらコレですか
うちは大きなお友達の託児所じゃありませんよ
じと
すっ
スミマセン…
でもあのお見舞いの品を…
お持ちして…
お
俺も…
あたしはなよ竹のお姫さんですか
そうそう物ばかりもらったって…
で
でも
エヘ
わざわざお見舞い下さるなんて
嬉しいですよね先生

ま　マメがそう言うなら…

ゴニョゴニョ　見てみるだけでも…

どうぞどうぞ！

どん

…なんです

アイスクリーム!!　マシン!!

です!!

フッフ

風邪のときはやっぱり

………

マシン…

ハイ！　今回はハンドメイドな手作り感（重複）にこだわってみました

これでいつでも出来たて作りたてのアイスクリームが！

ハンドメイドな手作り感だあ～？まあたそんなミーハーなモンでお茶濁しやがって

なにィ!?

俺のお見舞いは…

出し直す

どん

…なんです

くろ…

黒蜜です

風邪のときはこの黒蜜をしょうが湯で割るのが一番！

優しい甘味が風邪で弱った胃腸に染み渡って

心も身体もポカポカです！

あったかいんだからぁ

ううう…

時事ネタ禁止令

お前また
田舎のおかん
作戦かあ!!
ノスタルジーの
ツボばかり
つきやがって!!
うるせえ!!
お前こそお気軽お手軽に
密林あたりで
買ったんだろ!!
ズバリ当ててるな
なんか逆に
仲がいいような
甲藤が犬なら
脇坂さんは猿ですね
ん?
脇坂さん
あの袋は
何ですか?
あ　あれは
ウロさんから
預かった…
昭和…
風邪のときは
やっぱりコレ
だろうって…
桃
どん

芳彦
……
あたしはもう
奥で休みます
では床を
それとね
お手間だけど
お前
寒天を
煮てくれないか
寒天
ですか?
招かれざる
お客さん方にも
お出ししてやっておくれ
こうして
スー…
トン

みんなの想いは
おわんの中で
ひとつになったとさ
いい話みたい
ですね
ぎゅうひも
ほしかったねえ
けっこう
喜んでる
よかったネ
END

カロさんから
お見舞第2弾
です！
ついでダメなら
次はメロンだって
ダメな〜っ？

お帰りなさいませ
ご主人様———♡
お帰りなさいませ
ご主人様!!

帰りますよ
芳彦
はい
ちょちょちょ
待って下さい
よ――
一瞥くれて
やっただけで
充分と思いなさい
なんだってむくつけき
成人男子のエプロン姿を
あたしの網膜に
映し出さなきゃいけないんです
せいぜい
焼き付かないことを
祈りますよ
こ
これはですね
あのう…
先生!

私が脇坂さんにお願いしたんです

葉月(はづき)さん…

あの時は私本当に先生がいらっしゃらなかったらどうなっていたことか…

それであの…ご迷惑かとは思いましたが

あの時のおもてなしに倣って(?)感謝の気持ちをお伝えしたいと思いまして…

いや〜こんなフリルやレースなんて

何年ぶりかしら〜

たぎるわ〜

メイドコスも〜

いえもう全然あの時の皆様のクオリティには遠く及ばないのですけど…

私もこんなカッコウ初めてで…

あでもけっこうイケるかもなんて

……

ご婦人のお誘いをすげなくするわけにも

…しかし

脇坂くんの
泥舟に乗るとは
甲藤くんもずいぶん
丸くおなりだねぇ
いえっ
これはあの
違くてですね
あの女子力刑事の
難破船に乗った
つうよりは
そのつき合いの
つき合いに
乗ったつうか…
そうですよ
僕だってこんな
でかいが取り柄の
駄犬を誘った
覚えはないです
つき合いの
つき合い？
……お
ダレが
駄犬だ
マカロン刑事
うるさい
パトラッシュ
パトラッシュは
駄犬じゃない

おかえりなさいませ
ご主人様…
しっぽ↓
きゃ——♡
なあにこのほっぺ!
美脚!
いやだ〜ウチのムスメよりカワイイわ〜♡
リアル男の娘よ〜♡
けいかくん!
脇坂くん

オムライスにこう…字を書いてもらうのは別料金なのかい？

先生そういう会じゃないです

じゃあマメくん このお茶を先生のテーブルにおねがい

ハイっ

大丈夫？マメくん

コッ

あっ

コケ

おっとチビちゃ

イヤだねえ
すぐあやって
オーバーに
犬の祖先が
狼だってんだから
オオカミ少年も
いいとこだよ
ねえマメくん？
ざざざざ
どけよ
ボケナス
なんちゃって―
あはははははは

END

カレーをつくろう 「花闇の来訪者」より

たまには ごちそうする側に なるのもいいと 思うんですよ
――で あたしに着させようと こんなものまで持参した わけですか君は
まめまめしく
しかし君 なんだねその およそ公務員とも 思えない ざんばら髪は
お似合い ですよ!
マメくんはアルバイトだし 夷さんはお買物に出てますから 今晩は2人に先生と僕の デコボココンビカレーを ごちそうしましょう!
君とコンビだなんて 世も末だね
まあまあそう おっしゃらずに 先生ジャガイモ お願いしますね
僕玉ネギ やりますんで
ゴロリ

ダン
わ
えっ な
何ですか!? 皮は!?
むかないの? てか洗いました?
皮に栄養があるんでしょうよ
新じゃがじゃないんだから
まずは流水で洗って
芽のとことかドロついてるから よく洗い流して
包丁じゃなくてピーラー使って下さい
タワシでこすると こまかいドロもよく落ちますが
刃をこうおイモに当ててスッと下ろせば皮むけますからね
ピーラーは利き手に持つんですよ
お箸持つ手ですよ
スッとね スッと
芽は毒ですからちゃんと取ってピーラーのこの横のトコでぐるっとやるんです
デコボコですべるから気をつけて
あーちょっと見てらんない
ぐるっと ぐるっと ぐるっと なー
ポイ
なんですかあ～?
見てらんないなら見なきゃいいでしょ あたしが1人で作りますから君はテレビでも見てなさい
この家テレビないですよ

ざく
あ
目が…
何事ですか先生
見守りパトロール
芳彦
お買物じゃなかったのかい
今ちょうど帰宅いたしました
それより何ですか先生そんなコスプレまでして
あ
あのう これはですね…
かくかく しかじか
…なるほど事情は分かりました

それほどの気概ならば私も大人しくご相伴に与りましょう
しかし
お台所を預る身としてひと言だけよろしいでしょうか
言ってごらん
――まず
玉ネギを切る時はあらかじめ包丁を研いでおくことです
硫化アリルというのは
硫化アリルの蒸発を最小限に抑えることができます
包丁をぬらしてから切るのも効果的です
あ　うちは冷蔵庫で1～2時間冷やしてました！
アメ色玉ネギにするのは時間がかかりますのでレンチンして水分を飛ばしておくと時短になります
うちの母はゴーグルしてました！
それからみじん切りのやり方ですが
ポイ
ポイ
ダン
ダン
ダン
先生　私地味に傷つきましたが
脇坂くんと2人でババヌキでもしてなさい
2人でババヌキすか
しなり

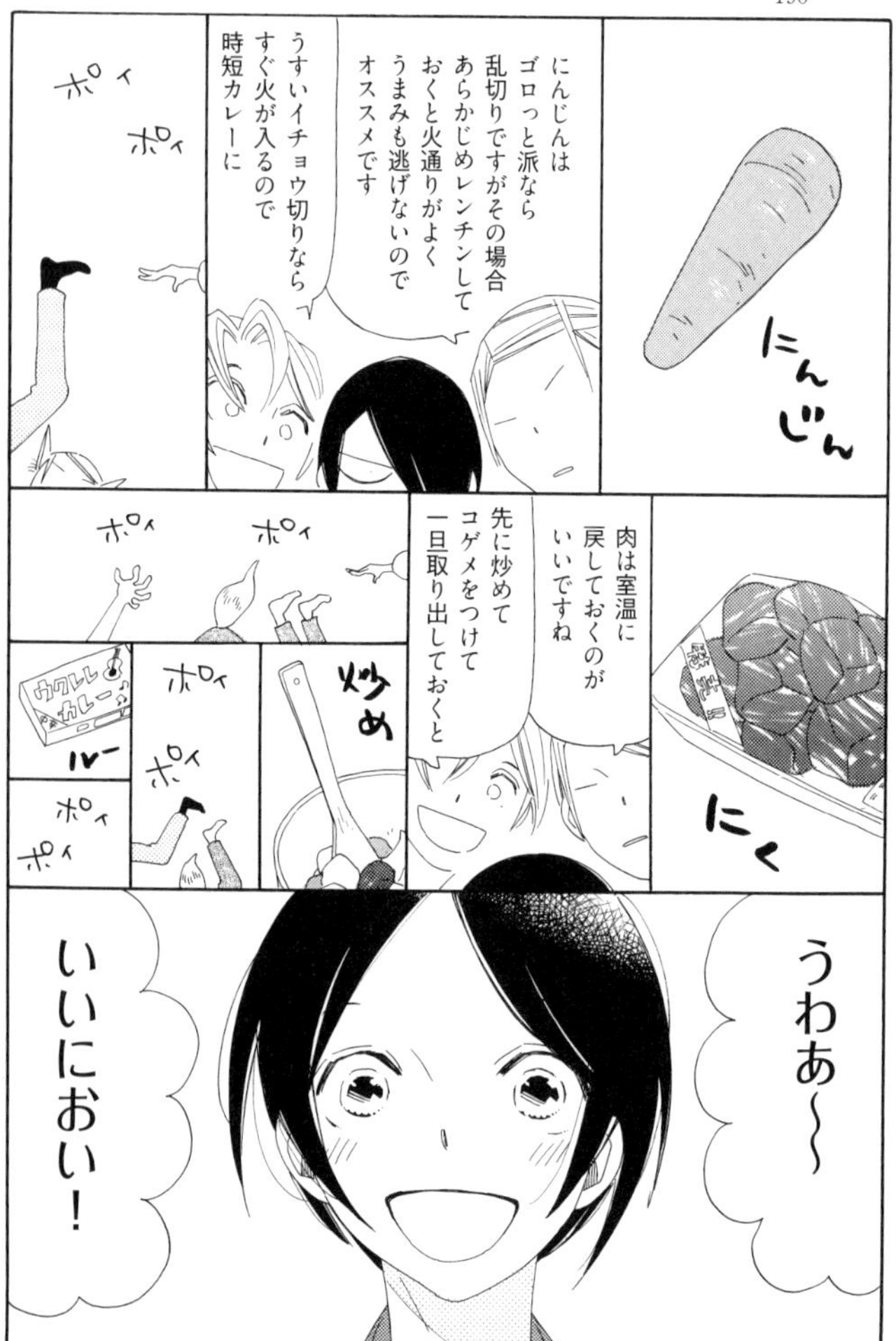
にんじん
にんじんは
ゴロっと派なら
乱切りですがその場合
あらかじめレンチンして
おくと火通りがよく
うまみも逃げないので
オススメです
うすいイチョウ切りなら
すぐ火が入るので
時短カレーに
ポイ
ポイ
にく
肉は室温に
戻しておくのが
いいですね
先に炒めて
コゲメをつけて
一旦取り出しておくと
ポイ
ポイ
炒め
ポイ
ポイ
ウクレレカレー
ルー
ポイ
ポイ
うわあ〜〜
いいにおい！

すごーい
先生が
作ったん
ですか？
ははは
いっぱい
お食べ
おいしい
ですよ～
具材の大きさが
さまざまで
楽しいですね
ほんと
さすが
日本のルーは
優秀ですね～
誰が作っても
おいしくなる！
私
おかわり
頂きます
君に
そんなこと
言われるなんて
世も末だね
僕も！

END

ウクレレ
カレー
ハワイアンな
おいしさ♪

ビーチでゴーゴー 「誰が麒麟を鳴かせるか」より

君はそう聞いているわけですか
い いえ…
ラッシュ
ノガ
イリ
ただ僕はその…
ほんの…ほんの一瞬でも時間があったら
ちょびっとでも指先をちょびっとでも海に入れられないかなって…
なんですかこのもどしたワカメみたいなのは
水着ですよ
先生のはこんなのかな
あっ
ガラ
脇坂さんも海へ行かれるんです?

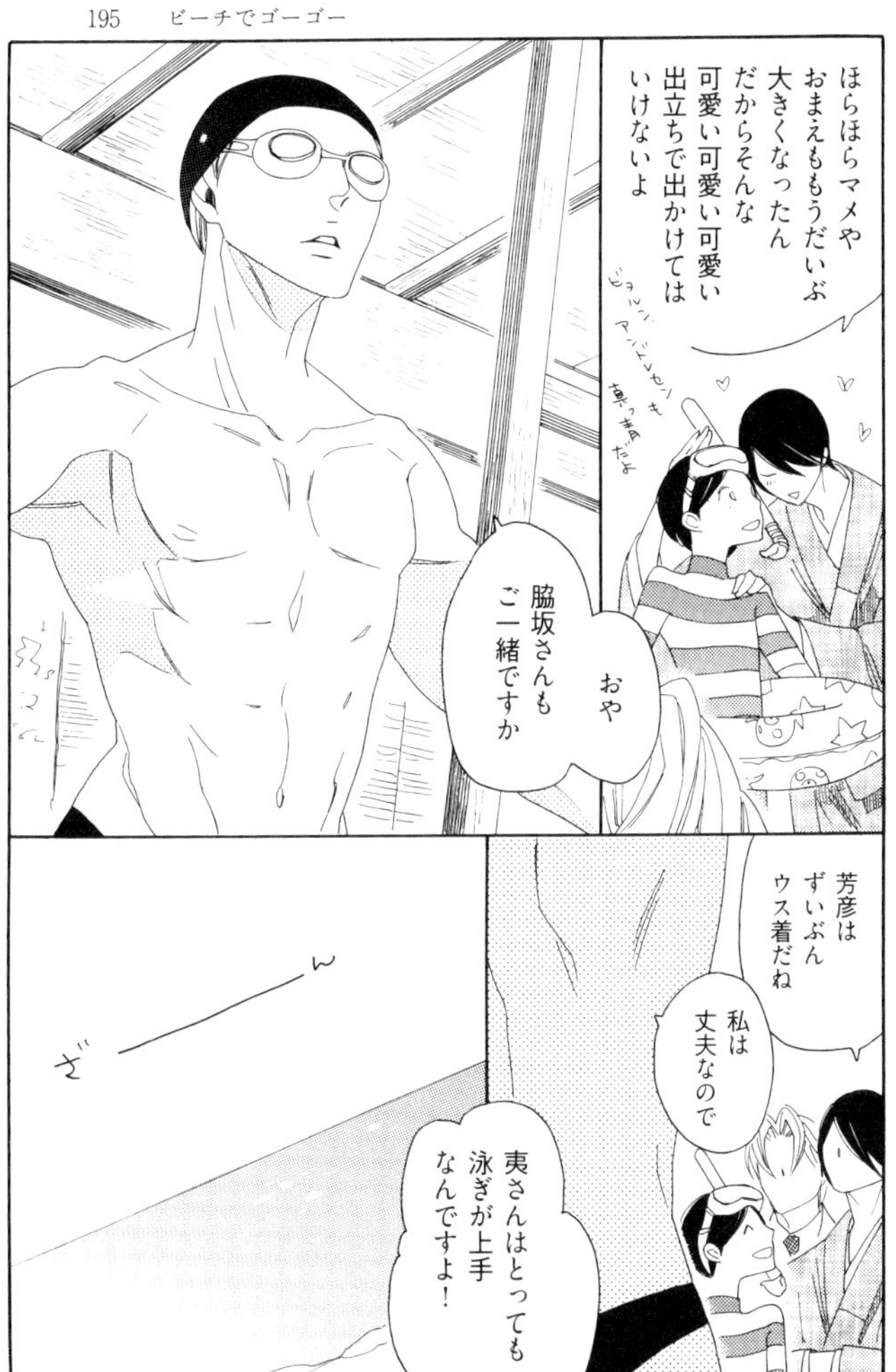
ほらほらマメや おまえももうだいぶ 大きくなったん だからそんな 可愛い可愛い可愛い 出立ちで出かけては いけないよ
ビヨルン・アンドレセンも真っ青だよ
おや 脇坂さんも ご一緒ですか
芳彦は ずいぶん ウス着だね
私は 丈夫なので
夷さんはとっても 泳ぎが上手 なんですよ！
ざ――――ん

ああ…
楽しいなあ…
もし
あの人も
一緒だったら…
小鳩（彼女）さんが水着に
着替えたら…

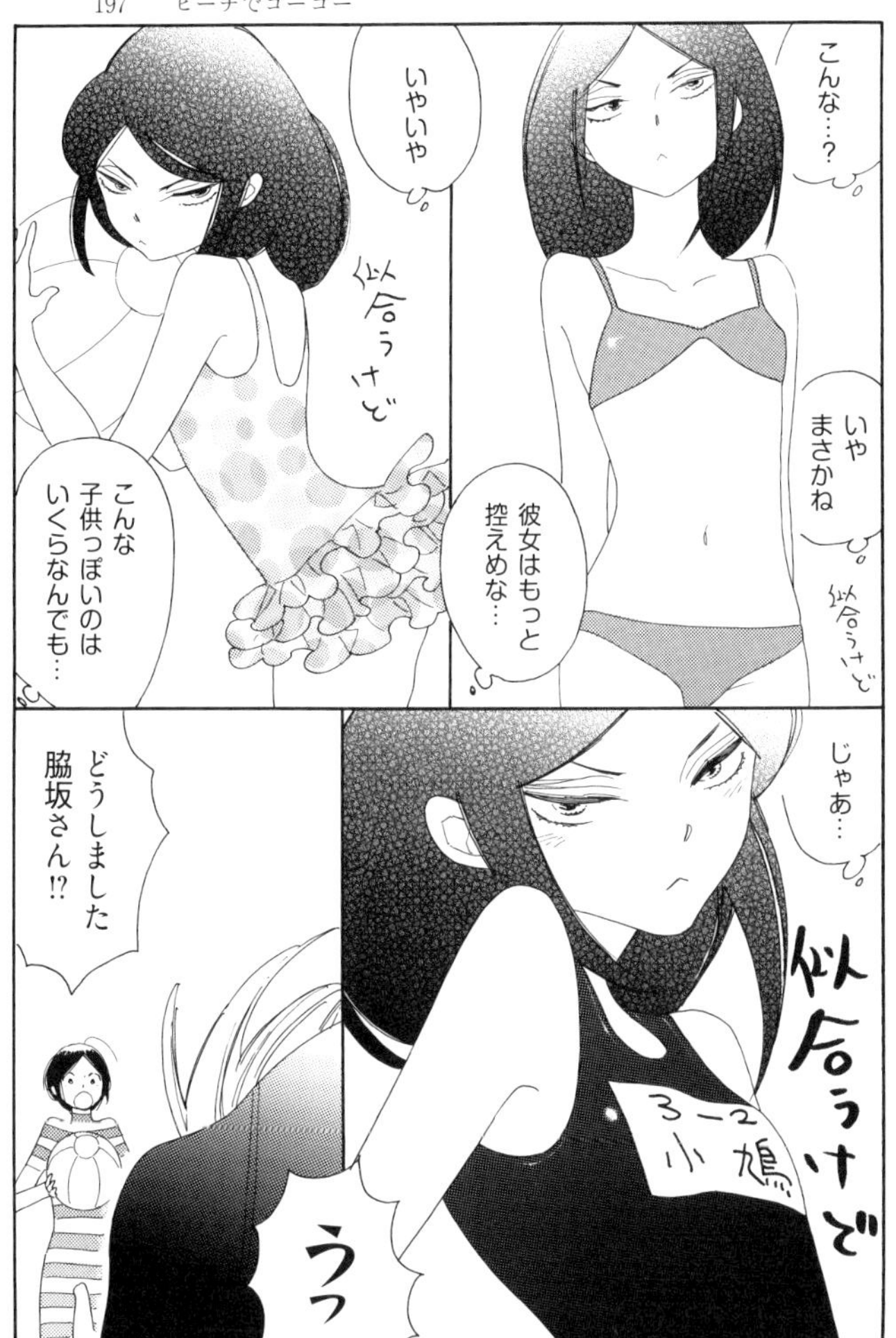
こんな…？
いや
まさかね
似合うけど
彼女はもっと
控えめな…
いやいや
似合うけど
こんな
子供っぽいのは
いくらなんでも…
じゃあ…
似合うけど
3-2
小鳩
うっ
どうしました
脇坂さん!?

いや…まさかの自分の中に変態的趣味の片鱗を見つけて心が千々に乱れ…
大丈夫ですか？
ああ 申し分ないよ 太陽がいっぱいだ
お前が一枚羽織ってくれて心も安寧
――正直におっしゃったらいいのに

泳げないって
馬鹿をお言いでないよ
水着を忘れただけです
すぐそこらで買えますよ
なんでもかでもそうコンビニエンスなのはどうかと思うねあたしは
私のをお貸ししましょうか
お前も冗談が上手くなったもんだね

END

ダン!!
輪切り!?

お洋服を買いに 「顔のない鶴」より

おはよう
ございます
バサ
バサ
バサ
モテ…!!
いやまあ
フシギは
ねえんじゃ
ねえの？

チビちゃんもともとカワイーし最近はデカくなってきてオトコっぽくなってきたしよー
いやまあそうなんだけど
癒し系マスコットキャラがファーストイメージの自分的にはほのさみしいギャップというか…
男としてのアレも急に何馬身も差をつけられ…
そいつぁオマエエゴってもんだぜ
うめー茶
てかなんでフツーにしれっとお前がここに上がりこんでんだよ
マメがお呼びしたそうですよ
先生!
お呼びでない脇坂くんと違って
今日はこれから2人で手に手を取り合って郊外のショッピングモールでショッピングをモールするんだそうですよ

ね
甲藤くん
なんか手持ちのフクがちっさくなっちまったとかで…
あ…ハイ
言っておきますが
マメが君みたいな鉄砲玉クラスのチンピラくずれみたいな格好をするようになったら…
血地獄
イエもう全然ご心配なく七五三みてーなフクしか見せませんしマジで
お待たせしました甲藤さん
すみませんわざわざウチまで来てもらってしまって…
い
いやァまァ基本モールとかってアシがねえと行きづれえトコにあるし…
ほらメット
メット!?

まさか!?
コイツのバイクに2ケツで!?
エ!?
いいんですか!?
全てマメの決めたことです…!!
それを我々は尊重します…!!
く、
な　なんかスイマセン…
言っておきますが法定速度、道路交通法青少年保護育成条例極めて順守の安全運転でお願いしますよ
マメがささくれひとつこさえてきたら終身出禁ですからね
ハ
ハイ
じゃあ行って参ります!
お土産買ってきますね!
ハ――イ…
なんで脇坂さんがお返事なさるのか甚だ疑問ですが
お土産がもらえる時間まで我が家に居座るつもりですか
ねぇ

先生…？
…こちらでしたか
なんだかいろいろ思い出してしまってね
――甲藤さんの言う通りかもしれませんね
いつまでも子供でいてほしいというのはこちらのエゴなのでしょう
…ふん

エゴでもエゴマでもきかせたらいいさ
どうせこっちは
立つ鳥にごしたにごり水でもすするのが関の山なんだから
そんなスネないで下さいよ先生
大人気ない
うちは和菓子が多いからお土産は洋菓子がいいかなぁ…
あ！　それとも食べる物よりハンカチとかの小物の方が…？
モールってなんでもあるよ！
バーム
土産もいいけど先にフク見よーぜチビちゃん
美形カップルよー

END

思い出の味 「ラスト・シーン」より

しません
でしたか？
こういう話
いいじゃん！
ウロさんはなんて
答えたんです？
うどんが
食いたい時に
うどん
そばが
食いたい時に
そばが
出てくるのが
一番だな
ずぞ
――って
で
君は
なんなんだい
それは
質問の答えに
なっていないのでは
僕ですか？
ぱぁ
僕はあ～
そおですねええ～～
マキシム・ド・パリの
ナポレオンパイと
ラデュレのマカロンは
外せないですけど～～
お茶ですよ～
あっでも
コンビニスイーツの
雪苺娘とか
まるごとバナナとか
青春の味ていうか
あ
もちろん
和菓子も！
和菓子は…

和菓子は
マメくんの作ってくれた
水羊羹が一番かな

え

あ…
ほんとに？

すごく…

すごく
嬉しいです…

あ
あのっ
僕は

夷さんの
作ってくれるごはんが
いつでも何でも
一番です！

！

何が一番か
決められない
けど…

ははは

気を遣わなくて
いいんだよ
マメ

夷さん
しっぽが
出てますよ

ほんとですよっ

ふわっふわの

——結局

家族――……

いや

誰かの作ってくれた思いやりの味が一番というわけだね

「家族」

と

この人が言うとき

ここにいるみんなの他に

ふみゃー

もう一人を

きっと
想っている

その男が

もし

最後に
食べたいものを
言ったら

この人は…

脇坂くん？

なんです人の顔をじろじろと
はっ
あっ いや
あたしにドーナツよろしくまんまるに穴でも開けようってんですか
距離
い いいえ いいえ
あっ
僕 素麺がいいです!
分かりました
ぶみゃー

また
みなさんお招きして
素麺やりましょうよ
それはいいね
芳彦
今度は倍の数
鱚を揚げておくれ
あとで
胃が重い
床を作れと
おっしゃるのは
先生ですよ
あっじゃあ
小鳩さんも
呼んでいいですか？
ウロさんも！
もちろん
です！
あと
甲藤さんも！
それは
いらないんじゃ
ないかな！
人を呪わば
穴二つだよ
ドーナツ刑事くん
ぶみゃ—

END

あとがき

妖琦庵夜話シリーズ、十冊目の刊行となりました。

単行本での初版は二〇〇九年ですので、なんと十四年間に亘(わた)って書いてきた物語です。こうして続けられたのも、長いあいだ読み支えてくださっている読者様のおかげです。本当にありがとうございます。

今回は中村明日美子(なかむらあすみこ)先生の大協力をいただきまして、今まで初版限定で封入されていたショートコミックを収録、さらには描き下ろしも頂戴しました。本編がなかなか重苦しい展開になっている時、これらのショートコミックで癒やされた読者さんは多いのではないでしょうか。私はとくに、夷さんのシッポのモフモフがたまらなく好きです。また、毎回物語にしっくり寄り添ってくださる素敵なカバーイラストを頂戴しました。妖琦庵夜話の世界を私とともに作り上げてくださった明日美子先生に、改めまして心から御礼申し上げます。

さて、このシリーズで用いられている『妖人』は『遺伝子的に人とちょっと違う』という立ち位置にあります。遺伝子うんぬんはさておき、『ちょっと違う』人たちは私たちの現実の世界にも存在していますよね。『少数派(マイノリティ)』と言ってもいいでしょう。

生来の性質の場合、自分が少数派になるか、多数派になるかは選べません。たまたま、そうなったわけです。「たまたまそうなった」ということに対して、世の中がもう少しおおらかになれたら……としばしば思います。「私はこうだけど、あなたはそうなのね」「なるほど、いろんな生き方があるよね」と自然に受け止められたらいいのですが、これはなかなか難しいことのようで、私もしょっちゅう躓きます。「ふん。多い方が常に正しいとでも？」と伊織先生に叱られてしまいそうです。

妖琦庵夜話の物語は、とりあえずここでひと区切りです。

私の創りだしたキャラクターたちはもはや私の手を離れ、この東京の片隅に溶け込んで物語の続きを生きていそうな気がします。小さなお寺が多く、人情味のある商店街がある町の、ふいに竹林が現れる道――その先を行けば、『妖琦庵』と呼ばれる洗足家が見えてきます。

……ほら、明かりが点っていますね。呼び鈴はありませんので、どうぞひと声かけてください。きっと誰かが出てきて歓迎してくれるでしょう。

あなたが人でも、妖人でも。

二〇二三年　雨季間近　榎田ユウリ　拝

あとがき

ついに最終巻と相成りましたね。

どういう経緯で装画を担当することになったのか……そんなにドラマティックなこともなく、もともと仲良くさせていただいていた榎田先生とお仕事をご一緒に……みたいな。大きなダメ出しも特になく……一点あったのは「甲藤くんはもっとかっこよくして」くらいでした（最初のラフでは貧相なパンクスみたいだった）。

途中から初回特典でショートコミックが入ることになり、こちらも自由奔放に描かせていただきました。私は甲藤くんとマメのコンビが好きでした。こんなお茶の間喜劇漫画ならいくらでも描けるのですが……それももうおしまいと思うと寂しいですね。

榎田先生はみんなでわちゃわちゃ食事をする場面を書かれるのがお好き（多分）で、どんな辛い事件があっても最後にはみんなで楽しく食卓を囲む……それが今作の黄金パターンでした。

でも終わりに向かうに従ってそのパターンが崩れ、無くなり、そしてまた新しく再生し……でもやっぱり、それは昔の食卓とは似ていても、やっぱり違っているのです。

創作でも現実と同じく、時の流れによる変化というのは否応なくあるものだなあとしみじみしました。作者なのだからどうにでもできるのではと思えるのですが、やはり時を経て成長したり衰えたり違う道を選んだり……変わっていったキャラクターを昔と同じように書くのは無理なのです。

だから、彼らはここで一つ卒業なのだなと。

寂しいですね。

でも榎田先生のおっしゃる通り、彼らは東京のどこかで生きているのでしょう……と思えます。泣いたり笑ったり怒ったり怒られたり。

長きに亘って物語を紡がれた榎田ユウリ先生、お疲れ様でした。そしてありがとうございました。

部署が変わっても担当を続けてくださったKさん、ありがとうございました。

そしてこの本を読んでくださった皆様に、幸多からんことを願って。

中村明日美子

初出一覧

千波万波　一　書き下ろし　榎田ユウリ
濤声　描き下ろし　中村明日美子　原案・榎田ユウリ
千波万波　二　書き下ろし　榎田ユウリ
河童　書き下ろし　榎田ユウリ

閑話種々　初回特典ペーパー掲載コミック集　中村明日美子
おしるこ論争　『妖琦庵夜話　人魚を喰らう者』
お見舞いづくし　『妖琦庵夜話　魔女の鳥籠』
お茶会　『妖琦庵夜話　グッドナイトベイビー』
カレーをつくろう　『妖琦庵夜話　花闇の来訪者』
ビーチでゴーゴー　『妖琦庵夜話　誰が麒麟を鳴かせるか』
お洋服を買いに　『妖琦庵夜話　顔のない鵺』
思い出の味　『妖琦庵夜話　ラスト・シーン』

妖琦庵夜話(ようきあんやわ)　千(せん)の波(なみ) 万(まん)の波(なみ)

榎田(えだ)ユウリ

角川ホラー文庫　23746

令和５年７月25日　初版発行

発行者——山下直久
発　行——株式会社KADOKAWA
〒102-8177　東京都千代田区富士見2-13-3
電話 0570-002-301（ナビダイヤル）
印刷所——株式会社暁印刷
製本所——本間製本株式会社
装幀者——田島照久

●お問い合わせ
https://www.kadokawa.co.jp/（「お問い合わせ」へお進みください）
※内容によっては、お答えできない場合があります。
※サポートは日本国内のみとさせていただきます。
※Japanese text only

ISBN978-4-04-113595-2　C0193

角川文庫発刊に際して

角　川　源　義

第二次世界大戦の敗北は、軍事力の敗北であった以上に、私たちの若い文化力の敗退であった。私たちの文化が戦争に対して如何に無力であり、単なるあだ花に過ぎなかったかを、私たちは身を以て体験し痛感した。西洋近代文化の摂取にとって、明治以後八十年の歳月は決して短かすぎたとは言えない。にもかかわらず、近代文化の伝統を確立し、自由な批判と柔軟な良識に富む文化層として自らを形成することに私たちは失敗して来た。そしてこれは、各層への文化の普及滲透を任務とする出版人の責任でもあった。

一九四五年以来、私たちは再び振出しに戻り、第一歩から踏み出すことを余儀なくされた。これは大きな不幸ではあるが、反面、これまでの混沌・未熟・歪曲の中にあった我が国の文化に秩序と確たる基礎を齎らすためには絶好の機会でもある。角川書店は、このような祖国の文化的危機にあたり、微力をも顧みず再建の礎石たるべき抱負と決意とをもって出発したが、ここに創立以来の念願を果すべく角川文庫を発刊する。これまで刊行されたあらゆる全集叢書文庫類の長所と短所とを検討し、古今東西の不朽の典籍を、良心的編集のもとに、廉価に、そして書架にふさわしい美本として、多くのひとびとに提供しようとする。しかし私たちは徒らに百科全書的な知識のジレッタントを作ることを目的とせず、あくまで祖国の文化に秩序と再建への道を示し、この文庫を角川書店の栄ある事業として、今後永久に継続発展せしめ、学芸と教養との殿堂として大成せんことを期したい。多くの読書子の愛情ある忠言と支持とによって、この希望と抱負とを完遂せしめられんことを願う。

一九四九年五月三日